L O C U S

LOCUS

LOCUS

LOCUS

Smile, please

Smile 156

關於死亡，我現在所想的是……

著　椎名誠
譯　王華懋

編輯　連翠茉
校對　呂佳真
美術設計　許慈力

出版者：大塊文化出版股份有限公司
台北市 105 南京東路四段 25 號 11 樓
www.locuspublishing.com
讀者服務專線：0800-006689　TEL：(02) 87123898
FAX：(02) 87123897
郵撥帳號：18955675
戶名：大塊文化出版股份有限公司
e-mail:locus@locuspublishing.com
法律顧問：董安丹律師、顧慕堯律師

總經銷：大和書報圖書股份有限公司
地址：新北市新莊區五工五路 2 號
TEL：(02) 89902588（代表號）　FAX：(02) 22901658

初版一刷：2018 年 10 月
定價：新台幣 280 元

ISBN　978-986-213-917-2
Printed in Taiwan

關於死亡，我現在所想的是……

ぼくがいま、死について思うこと　Shiina Makoto

椎名誠

王華懋　譯

目錄

一點一滴地消逝 007
說不出口的「再見」 023
母親逐漸化為冬風 037
朋友的鳥葬 053
丟棄孩子的亡骸 071
沙漠中小船裡的木乃伊 087
死在日本的美國人 105

死後回歸子宮 119
江戶時代的「捨人場」 133
我親身經歷的騷靈現象 149
相較於年輕時，死亡機率減少了 165
「爺爺也會死掉嗎？」 185
別了吾友——有點長的後記 211

一點一滴地消逝

在小酒館留下的「銘刻」

我決定來思考一下「死亡」。

原因是「健康」。每隔兩年，我都會進行一次兩天一夜的全身健檢。地點是住家附近相當先進的醫院，因此可以做MRI（核磁共振造影），將腦袋裡面切成一片片掃描起來，並用光纖內視鏡巨細靡遺地檢查食道、胃以及大腸。雖然很不好受，但也沒辦法。因為現在有了孫子，疼得要命，妻子對我說，「我們已經到了有責任活得健健康康的歲數」，強制把我抓去健檢。不是拉我出遊，而是拉我去做健檢。

如果我是孤家寡人，沒有孫子，應該也不會如此關心起自己的健康。

「有責任活得健康」，這種想法教人有些鬱悶。

但妻子的話應該是對的。

截至目前，我已經做過三次健檢，結果都半斤八兩。肝臟的r-GTP值有點偏高，但想想我每天喝酒，這很理所當然。

尿酸值也高。我每天喝的酒裡面，有九成都是啤酒，所以這也是天經地義。就只有這兩項問題而已。大腦內部有零星輕微出血的痕跡，似乎是很久以前留下的。我在二十一歲時出過車禍撞破頭，腦出血住院了四十天，我任意解釋應該是那時候留下的紀念。

從食道到肛門都沒有異常，也沒有發現癌症徵兆或前列腺問題。我從高中到青年時期都在練柔道和拳擊，因此肌肉結實。現在也持續每天做一點地板操，或許必須歸功於此，體脂肪數值一直維持在個位數。

以前檢查出高血壓後，我聽說天天吃洋蔥可以降血壓，便開始每天瘋狂地吃，結果某天戲劇性地降到了正常值，不必繼續服藥了。據說洋蔥對八成的人都具有這種戲劇性的效果，沒想到是真的。

我把這份成績單拿去給我的主治醫師（精神科醫師）看，他不甘心地說：「看看你平常的生活態度，居然只有這點生活習慣病，簡直沒天理。」

主治醫師又說：

「你從來沒有認真想過自己會死吧？」

被說中了。

我覺得醫生是在罵我，都活到這把年紀（二〇一一年時六十七歲）了，卻從來沒有嚴肅思考過自己的死亡，真是個大呆瓜。

「你是這個意思吧？」

我對主治醫師說。我跟醫生已經是三十五年的老交情了，無話不說。

「是啊。」

醫生也沒在跟我客氣。

不過撇開這些，我居然能好好地活到這把歲數，連自己都覺得匪夷所思。因為我從來沒想過自己能活上這麼久。

其中是有著這樣的「銘刻作用」的：

二十來歲的時候，我在淺草橋一家「馬蹄屋＝生馬肉店」的吧台一個人小酌，鄰座的老人家忽然出聲向我攀談。

簡而言之，就是他想替我看手相。

我沒反問，所以不曉得他是不是算命的。他仔細地查看我的雙手，說：

「你可以活得相當我行我素，不過得要當心點，否則會早死。」

我沒問他說的早死是幾歲，因為我覺得毛毛的——不是害怕知道我幾歲會死掉，而是覺得那個人有點噁心。居然喜歡捏男人的手，我猜他搞不好是同性戀。

託此人之福（應該說是他害的），我一直下意識地認定自己應該只會活到四十多歲。事實上那個年紀的我，三番兩次前往所謂世界的盡頭，騎馬跋涉高達兩百公尺的積雪崖道、在冰河遭遇雪崩、在外國挑戰深海潛水等等，由於年輕過度自信，多次面臨「千鈞一髮」的險境。

每一次的危機，我都順利生還，所以現在才能坐在這裡寫這篇文章，但由於二〇一一年的福島核災，最近我才發現某些一直以來原因成謎的問題，很有可能就是輻射造成的，也就是我非常有可能在四十多歲時暴露在輻射中。當時我參加中日合作的「樓蘭探險隊」，在塔克拉瑪干沙漠長期旅行，從途中開始，中國政府便不斷地用無線電對我們進行各種干涉。我們探險隊早就得到中國政府的許可，但能自由活動的區域受到相當大的限制。當時我們不明白理由，但現在受到福島核災的觸發，各種相關報導出爐，讓我得知了真相。

包括當時在內，中國政府一直在新疆維吾爾自治區東方的樓蘭遺址附近進行核試爆，長達三十年之久。而塔克拉瑪干沙漠一帶，數千年來都吹著東南風。這是一直遭到掩蓋的事實，以維吾爾族為中心，似乎有多達二十萬人死於輻射暴露。

我們只在那裡停留了一個月，卻是不斷地朝著這輻射風的方向前進。

以前有一本書《約翰．韋恩的死因之謎》，提到愈來愈多美國影星死於癌症，經過調查，才發現他們都曾經在形同沙漠的環境長期拍片。後來揭露，美國政府曾在那片沙漠進行祕密核試爆。

由此種種看來，我曾經做出即使死於四十多歲也不奇怪的行動。然而我卻頑強地活下來了。

然後現在，我得到了嚴肅思考「死亡」的時間。也就是說，不知不覺間，我從「早死」的「銘刻」當中解脫了。總覺得過去我的精神深處一直有著這樣的「銘刻」，促使我過著凡事不顧一切的人生。

死亡預知夢

首先有必要思考一下至今我面對過多少「人的死亡」。

現在仍記憶猶新的，是「父親的死」。當時我十二歲，小學六年級。父親的職業是註冊會計師。我出生在東京的世田谷區三軒茶屋，那時父親還很健朗地在執業，卻被捲入某個大案子，失去世田谷五百坪的房屋和土地，淪落到千葉縣的幕張。父親就這樣一病不起，五年後過世了。我們家是個謎團重重的家庭，在父親死後，我得知其實我有許多異母兄弟姊妹，兩名母親生下的孩子，也不一定就由生母養大，有點錯綜複雜。我一直以為是長男的大哥，其實是父親前妻的兒子，上面還有從未一起住過的哥哥和姊姊。父親共有九個孩子，我是倒數第二個。不過這些都是在父親死後好一段時日才漸漸得知。

我們家一直有種氣氛或者說氛圍，即使對家人有任何疑問，也不能隨便開口詢問。

父親的葬禮，在一月非常寒冷的日子舉行。雨雪交加之中，我穿著學生服，冷得不停地發抖。

「父親的死」並未帶給我多大的悲傷。因為父親是個極嚴格、沉默的人，我沒有任何與他閒聊的記憶。我們家的習慣是父親下班回家時，孩子們就得規規矩矩地跪坐在玄關口，雙手扶地迎接說：「您回來了。」父親總是板著一張臉進門，默默地穿過孩子之間，關進自己的房間裡。

是誰規定我們要這麼做？後來我才知道，原來不是父親，而是身為繼室的我母親要我們這麼做。父親之所以不悅，也許是因為厭惡這種誇張的儀式，但孩提時代的我一直以為這是迎合父親的喜好，認定他是個封建、可怕的父親。

有一張我在小學五年級的時候用玩具相機拍的父親的照片。就只有這麼一張而已。父親身體較舒爽的時候，會坐在走廊上的藤椅看庭園。就是這時候的背影。因為我實在太害怕父親了，不敢從正面拍他。

由於父親職業的關係，葬禮有非常多有頭有臉的人士參加。我上面的哥哥哭得唏哩嘩啦，但我實在不懂哪裡值得他傷心成這樣？從戰場上歸來的大哥（我的異母哥哥，其實是三男）繼承父親的事業，就這樣接下神田的事務所，但當時他才大學剛畢業不久，氣勢實在相差太多，結果父親的客戶一個個離去，大哥似乎吃了不少苦頭。

母親是在八十四歲離世的。那是父親死後四十年，一九九七年的事。

關於母親的死，我有個「衝擊十足」的體驗：我做了「預知夢」。在夢裡，我抱著變得像嬰兒的母親，說著「不可以」、「振作起來」之類的話，然後一摸母親的頭和臉，竟變得一團軟爛。是骨頭碎光了。「不可以！」「會死掉的！」我大喊，就這樣被自己的聲音驚醒了。我難得夢見母親。

我一醒來，便強烈地領悟：「媽死了！」我連忙看時鐘，剛過凌晨三點。我前往樓下的妻子臥室，說：「媽死了。」

妻子當場跳起來問：

「怎麼了？有電話嗎？」

「沒有，我做夢了，夢到媽死了。可是夢非常清楚。那不是一般的夢。老家一定馬上就會來電話了。」

我如此一口咬定，有些魂不守舍地回到自己的床上，遲遲無法從精神上的震驚當中恢復過來。

我醒悟到母親的死訊一定就快傳來了，整個人恍恍惚惚。

然後就這樣不知不覺間又睡著了。

東方漸白，我像平常一樣在正常時間醒來，對妻子說：「沒有電話呢。」

然後邊吃早餐邊對妻子說：

「那果然只是普通的夢嗎？不過未免太生動了。」

如果有什麼異狀，老家一定會通知，所以主動打電話去問反而很奇怪。

七點左右，電話響了。

大嫂打電話來說「媽突然倒下，送去醫院了」。母親和大哥大嫂住在一起。我聯絡住在附近的弟弟：「這絕對不妙，我們馬上趕回家吧！」

弟弟跟我不一樣，是兄弟姊妹裡面最孝順的一個，幾乎天天打電話跟母親噓寒問暖，也經常沒事就回老家看看母親。他說他前天才跟母親通過電話，母親精神很好。

所以他不怎麼當一回事。

「沒事的啦，昨天媽人還好端端的，一定不是什麼大問題。」

我責怪這樣說的弟弟，立刻一同驅車趕回老家。當時我和弟弟住在武藏野，老家在千葉幕張。

開到灣岸道路時，我的汽車電話（當時還沒有手機）響了，通知說母親剛剛在醫院噓氣了。這時是上午九點。

原來我所做的夢，是在預告六小時以後的事。我這麼想，默默地繼續開車。為什麼母親不是向最孝順她的弟弟通知自己的死，而是來告訴我呢？我尋思著這個問題。關於這件事，我心裡有個底。

難以解釋的記憶

前面提到，我年輕的時候出過車禍，腦出血住院了四十天。事情發生在三更半夜，我被緊急送醫後，自己伸手一摸，發現顏面和腦袋就像爆炸一樣，整個裂開來了。那個當下由於腎上腺素爆發，用手摸也不覺得痛。記得我還問醫生：「我這傷口能恢復原狀嗎？」醫師怒罵：「現在別管那些，你只要想著活下去就是了！」

手術結束，我躺在恢復室的擔架床上迎接早晨。這時母親趕來，解開我頭臉的繃帶，仔仔細細地查看傷勢。就算她是我母親，也不可能在醫院任意做出這種事來，所以我知道這應該是夢，卻莫名地真實。我想起了這時候的事。

一定是因為我從小學就是個過動而成天受傷的孩子，最令母親擔憂吧。母親會入夢通知我，或許就是這個緣故。我如此解釋。因為在這之前，我從來沒做過這類「預知夢」。

母親的葬禮頗為冷清。不過納骨儀式時，大哥致詞說「這下媽總算可以和她一輩子深愛的丈夫在一起了」，令我印象深刻。

事後仔細查看戶籍謄本才發現，身為繼室的母親，在戶籍上與我們不同姓，也就是說，直到最後，她都沒能遷入父親的戶籍。我這才理解了納骨儀式時大哥所說的意思。

二〇一一年三月，大哥也過世了。大哥年輕時是海軍砲兵，也是傷殘軍人。戰場上的手術非常粗暴，他膝關節受傷的腳從此再也無法彎曲。即使如此，長期以來，大哥依然兄代父職，照顧著我們弟妹。

我們在大哥的棺材裡放進他愛讀的軍艦相關書籍，還有大家一起合買的、太平洋戰爭中的不敗戰艦「驅逐艦・雪風」的精巧模型。

大哥過世，是福島核災隔天的事。

同年六月，姊姊過世了。大哥和姊姊都是父親前妻的孩子。等於是身為繼室的母親，養育了包括我在內的六名孩子。這麼一來，我們兄弟姊妹就只剩下三人了。我還有兩名異母兄姊，但後來斷了交流，連他們現在是否安好都不清楚。

就這樣，我成長的家庭逐漸分崩離析，往後各個手足的孩子將帶著「椎名家」的殘像，各自成為新的一族，讓血脈延續下去。

我就像這樣逐一體認到親人的死。我從戶籍謄本還發現了另一個事實，也就是我的父親原本姓「宮崎」，是以入贅女婿的身分進入椎名家的。

而我也在二十多歲的時候，從椎名家遷進別人的戶籍。所以現在用的「椎名誠」這個名字，其實是舊姓。因此嚴格來說，前面所寫的家人的死，是在戶籍上與我無關的「某一族」成員的死亡。

真是耐人尋味。

除了家人的死以外，我也經歷過好友、恩人、恩師等人的死。這些人的死所觸發的感情，又與親人不同。接下來我想談談身邊的人的死，並以自己的觀點，更進一步挖掘「人的死」與「自己的生命」這些課題。

說不出口的「再見」

一個人在酒館乾杯

我有幾位朋友過世了。我還年輕的時候，有個年輕好友是登山家，獨自在冬季上山，遇到雪崩罹難。雖然找到了遺物，但至今仍未發現他的遺體，儘管覺得難以釋懷，但也只能認定他已死亡。

此外的朋友幾乎都是因為癌症過世。發現罹癌後，動手術，卻未能康復，雖然也接受放射線治療等等，以對抗病魔，但結果也只是時間早晚罷了。再也沒有比探望這種狀況的朋友更教人難受的事。

最難過的一次，是去探望土佐[1]中村市（現在的四萬十市）的水中攝影師岡田孝夫，以及他過世的時候。我從四十出頭認識岡田以後，便受到他諸多關照。我和同為好友的攝影師中村征夫一起去中村市的醫院探望岡田。他本人也清楚自己來日無多了，體型和面龐都變得極端消瘦，簡直判若兩人，起初我覺得就像在探望別人。

岡田身體健朗的時候，我們三個經常一起去土佐的海邊或四萬十川潛水。

因此我們刻意不談病情，只聊過去一起潛水的大海和河流。那個時候怎麼樣、那次在絕美的風景中一起喝青竹酒（把酒裝入竹筒中，放在火堆旁加熱的酒）……像這樣天南地北地聊著種種快樂的回憶。岡田和我同年。我在拍攝以四萬十川為舞台的電影短片時，岡田鼎力相助，是我的恩人，我從這位好友身上，學到了什麼叫「無盡的溫柔」。

病房裡起初無精打采的岡田，隨著慢慢聊開來，也漸漸展露笑容，彷彿正用全身細細體會著僅存的「時光」。

我們坐了大概兩小時，差不多該走了。但我不知道該說什麼向岡田道別才好，幾乎快被那空虛的沉默給壓垮了。因為這回真正是「永別了，吾友」。

我知道不幸的結束很快就會到來，因此說不出「你快點好起來，我們再一起去

---

1 土佐為日本舊行政區名，為現今高知縣。

潛水」這種空洞的話；從距離和時間上來看，「我很快就會再來看你」也不太現實。我明白這很有可能是最後一次看到活著的岡田，所以我連「再見」都說不出口。

結果我只能說：「我們真的有過許多美好的時光。岡田，你這一生真的過得很精彩。」我好不容易忍住眼淚。我能夠做的，就只有注視著岡田眼鏡底下的眼睛這麼說。

岡田的眼神很悲傷。半個月後，他過世了。

我在東京的酒館獨自為他乾杯。

以作家開高健的釣魚紀《ÔPA!》中的攝影作品等聞名的高橋曻，也是因為癌症過世。他那時候住在東京的醫院，所以我能時常去探望他。平時的他超有趣，是逗人發笑的天才。我們結伴旅行過許多次，像是我在蒙古拍電影的時候，我們一起在大草原生活了一個半月。只要有他在，總是歡笑不絕，所以參與製作的大批工作人員氣氛緊張時，如果有他在場，必須以導演身分率領全體的我，精神上便能輕鬆不少，還得以大大喘口氣。

高橋住院時，已經是動手術也回天乏術的狀態了。看見從前的開心果現在卻只能發出沙啞的聲音，露出忍耐痛楚的表情，我難過極了。由於他即使說話也發不出聲音，所以我去探望時，經常也只能默默相對，也沒辦法像岡田那時候那樣，聊起過往快樂的回憶。去探望高橋的時候，唯一可堪安慰的是他住在都內的醫院，雖然不知道能不能鼓勵到他，但我可以在辭別病房時，對他說「我很快就會再來看你」。

接到高橋的訃聞時，我正在採訪富山縣八尾的「大藁風盂蘭盆會」[2]慶典。這場慶典的盆舞，最後一天會徹夜舞蹈到天明，我也熬夜拍攝慶典參加者的照片。黎明時分，我和高橋共同的好友打我的手機聯絡：「阿昇走了。」

即使如此，眼前還是有三百多人正在跳舞。舞蹈隊伍的伴唱者以沙啞的嗓音唱

2日本的盂蘭盆會在七月中旬或八月中旬舉辦，為掃墓及祭祀祖先的時期。除了各種祭祀活動以外，還有團體舞蹈「盆舞」（盆踊り），為夏祭的重頭戲。

著〈風之盆〉。我覺得那歌聲彷彿在地面低迴不已。

殯儀館大錯特錯

親近的編輯的死，也格外令人難受。這名編輯容許我在寫作上盡情發揮。我和他合作的科幻作品在純文學系的雜誌上原本預定連載一年，結果未能完結，延到一年半、兩年，最後總共連載了長達兩年半的時間。集結成書後，應該是因為編輯放手讓我去寫的關係，得到了對我來說極有意義的很棒的文學獎。

作家與編輯的關係，就像是球員與教練兼訓練師，他也是這樣的恩人之一。他同樣是由於癌症逝世，但非常堅強，我去探望的時候，他還親手畫大圖告訴我預定要接受的手術內容，那看起來就像切開人體的解剖圖。

本以為手術成功了，但癌細胞擴散到淋巴，後來撐不到三個月就過世了。

葬禮在都內的殯儀館舉行。這是不知從何時開始，在日本各地如雨後春筍般出現的「殯儀館」之一。只要前往地方都市，便經常可以在路邊看見乍看之下低調樸素，仔細一瞧則裝飾得頗為俗豔的殯儀館。似乎有許多是連鎖經營，名稱也是形形色色。

現在愈來愈少人在自家辦喪事，在這類場所迅速而系統化地執行葬禮蔚為風潮，「殯儀館」做為一種新的殯葬產業形態，似乎正逐步鞏固地位。

把葬禮中的各種繁文縟節及流程轉包給這類殯葬專門業者處理——現代的「殯儀館」，或許就是順應這樣的時代潮流與家屬的需求而出現的，但這時我遇到了一件事，讓我對這類殯儀館產生了本質上的疑問。

應該是在和尚開始誦經之前吧，館內忽然傳出一道低沉的女聲，那顯然是有廣播經驗的專業人士，以精巧控制的嗓音，述說起一段宛如獨白的內容。

徐緩、強忍悲痛般的聲音說著：「每個人出生的時候，都緊緊握著雙拳……」

聲音沒頭沒腦地像這樣說了起來。內容我記得不是很清楚，不過時間並不長，說的也都是些陳腔濫調，類似什麼「人一出生就注定要朝著死亡邁進」，聽著聽著，令人心頭無明火起。那聲音一聽就知道是預錄好的，只是廣播專業人員在朗讀稿件而已。天花板附近的音箱傳出的，就是這種廣播人員早就錄好的商業聲音。而且這名廣播人員與當天葬禮送別的、死於癌症的編輯非親非故，毫無關係。

關掉它！我忍不住想。

「太不擇手段了。」這句話不停地在腦中打轉。「可惡的殯葬業者！」我滿腔憤怒。在這家殯儀館，一定每一場葬禮都播放同樣的錄音。

我覺得葬禮上沉浸在真正悲傷的參加者，就好像被一個不曉得哪來的毫無關係的「廣播女」給嘲弄了一般。

這家殯儀館完全搞錯了。在人們真正為了有人過世而悲傷的場合，根本用不著這樣的表演。我聽說韓國的葬禮有「哭喪女」，是用來營造悲傷氣氛的一種手段，雖然有點怪怪的，但這是韓國文化的特色，因此並不以為意，只想著也是有這樣的習俗。但這強勢地從天花板音箱播送的「虛情假意」的女聲，令我強烈覺得：這絕對是搞錯了！

「葬禮是白色」的習俗

我從以前就覺得婚禮和葬禮很像。兩者都隨著時代不斷地變化（進化？）。從前婚禮和葬禮一般都在自家舉行，太小、容納不了多少人的家庭，就利用村落的集會所等場地進行。不管是婚禮還是葬禮，左鄰右舍出力幫忙是天經地義的事，村長、村落的首領或長老等等，也會在一旁指點，讓每個地區多少有些差異的風俗習慣傳承下去。

《從照片看日本生活5　聚會》（弘文堂）裡，詳細介紹了昭和六年新潟縣南魚沼郡鹽澤町石打關（現南魚沼市）的喪葬情形。

其中特別引人注目的，是疑似在土葬墳附近拍攝的全體紀念照。葬禮參加者的服裝是清一色的白，看起來有些奇異。

書上說明，這個時代的日本人，在感性上將白色視為「新生」或「重生」，黑色則象徵「成熟」。婚禮中的新娘穿的日本傳統婚禮和服「白無垢」，就是意味著新生；婚禮過程會換上另一套黑色和服，則是因為黑色的「成熟」也具有「長長久久」的含義。

為了祈禱死者重生，為死者穿上白色的殮衣；送行的親屬也同樣穿上白色衣物，以顯示他們與死者之間緊密的關係。

然而喪服卻在不知不覺間變成了黑色，書中認為這應該是受到西方文化滲透的影響。作者推測，就像神道式的婚禮是模仿西方的教堂婚禮，葬禮也仿效西方，穿黑色喪服變得很一般。

如果在這張照片的昭和六年穿上黑色喪服，就等於是撇清生者與死者的關係，也形同是疏遠死者。

我認為這傳統的「葬禮應該用白色」的習俗徹底翻轉的過程，與婚禮和葬禮露骨的「表演產業化」有關，不過這就留做往後的研究課題好了。

這本書並以照片詳細地介紹了昭和三十三年的岩手縣岩手町穀藏村的婚禮。婚禮也和葬禮一樣，全村總動員協助，儀式在新郎家中舉行。習慣上，婚禮愈盛大愈好，書中介紹的可說是由村人聯手打造的婚禮，也花了二、三十萬圓的費用。考慮到當時的年代，這是一筆相當驚人的金額，據說有些人家為了籌措婚禮的大筆資金，甚至還會賣掉山林。

現在不管是歷史再悠久、再傳統的地方富豪，好像也幾乎都不會在自家辦婚禮或葬禮了。主要的原因之一，應該是現代已成為「汽車社會」，極少有人家的土地能夠容納大批賓客開來的車子，也不再像過去的村落社會，左鄰右舍關係緊密，而通曉「習俗」的長老和「幫手」則是幾乎都消失了。

舉辦婚禮的會場，已逐漸以飯店為主流，一般內部都會設置神道教或西式教堂的「模擬裝置」。對每家飯店來說，婚禮似乎都成了重要的財源之一。

我在某項調查中看到，婚禮方式的選擇，主導權壓倒性地掌握在女性手中，最受歡迎的是與當事人的信仰和人生信念無關的西式「教堂婚禮」。

走在東京原宿一帶，我發現到處都是教堂，每一棟都是美輪美奐的建築物，像表參道的巷道，大概一百公尺內，就有三間左右的教堂。不可能說基督教的信徒剛好都密集住在這一區，這些全是辦婚禮用的教堂。以結構來看，算是一種「舞台道具教堂」。

我曾經採訪過其中幾家，教堂內部是迎合年輕女性喜好的樣式與色彩，中央的十字架是七彩閃亮的霓虹燈。嗯，差不多就是迪士尼樂園的世界。據說隨便抓個路上閒晃的外國人充當牧師也行，所以我覺得乾脆叫「基督教式婚禮家家酒」還比較直接省事。

為什麼明明不是基督教徒，教堂婚禮卻如此大受歡迎？理由很單純，似乎是因為電影中經常出現歐美的婚禮場面，它的「舞台裝置」和儀式內容既高雅又迷人。簡單一句話，就是幼稚。

就連婚禮都是這種狀況了，所以我剛才批評的殯儀館的「假惺惺的悲傷獨白」，或許還算是很安分的「進化」。

殯葬業者的賺錢花招

話說回來，日本的葬禮隨著排場擴大，似乎朝競爭表面的奢華這種旁門外道發展，使得當事人幾乎沒有餘裕打從心底為至親的死亡哀悼。就像婚禮追求「幼稚的華美」的本質受到誇大與強調，豪華葬禮則是以遺族的「虛榮」為主軸。殯葬業者刺激這種虛榮心的花招也令人咋舌。

就像前章說的，我經歷過幾次親人的葬禮，當時葬儀社死要錢的花言巧語，簡直讓我大開眼界。

這是常有人詬病的一點，不論是葬禮的祭壇還是棺材，頂多只會用個兩、三天。像棺材，最後只是要拿去燒而已，目錄上卻列出琳琅滿目的種類，各種等級的棺材應有盡有，其中也有些價格昂貴得離譜。殯葬業者的生意話術極為精巧，根本徹底掌握了人心的動搖與迷惘，順勢大加利用。他們會說這不只是為了面子好看，也是為了死者最後一程的尊嚴、這是最近的社會風潮等等，總之使出渾身解數，就為了要讓客戶掏出更多的錢。

在這種狀況下，很多時候喪主可能也心亂如麻，便任憑殯葬業者擺布了。就我直接的印象來看，應該也是有這種情形。

世界各國的殯葬費用約是多少？島田裕巳的《不需要葬禮》（幻冬舍新書）中說，美國約四十四萬日幣、英國約十二萬日幣、德國約二十萬日幣、韓國約三十七萬日幣，日本特別昂貴，約二百三十萬日幣。

這是平均數字，所以一些奢豪的葬禮，可能一、兩千萬日幣也不算什麼。同時日本應該是全世界為葬禮花最多錢的國家。但這一點很難冷靜地下定論。因為喪葬費用高昂，有部分應該是反映出日本是個「富國」的事實。與景氣大好的時候相比，喪葬費用似乎已經低迷了許多，不過還是有前面說的「虛榮心」作祟，似乎也有人會特別準備一筆生活費以外的錢，充當往後的喪葬費用。

母親逐漸化為冬風

突然的慟哭

關於死亡，我有一段極強烈的記憶。那是相當久以前在外國的體驗。當時我們正順著一條大河而下，視情況選擇陸路或水路。走陸路的時候，該國的嚮導騎機車在前方領路，我們和幾名寮國人及柬埔寨人分頭乘坐兩台四輪驅動車跟在後頭。機車不必要地橫衝直撞，把我們遠遠地拋在後頭，不見蹤影，但遲遲未散的沙塵明確地為我們指示前進的方向。

即將進入某個深山村落時，突然傳來一陣淒厲的哭號。滾滾沙塵中，只見路邊聚集了七、八名村人。哭喊的似乎是一名母親，她的懷裡抱著一個十來歲的孩子，只露出蒼白的臉，看不出是男是女。孩子的脖子彎曲成不可能的角度，一看就知道應該已經死了。

我們隊伍的老領隊冬柯伊大喊：「不要停，直接通過！」他說的是寮國話，其實我根本聽不懂，但從當時的氛圍，我猜出冬柯伊是在叫喊這類意思的話。我猜他是在說「不要跟他們扯上關係」，然而實際上這件事應該與我們大有關係。

這條路是難得有車子通過的深山道路。我想起在前頭領路的年輕機車騎士那有些猖狂而得意的表情。

當天晚上在下榻的地方，騎機車的年輕人顯然驚惶失措。他好像被冬柯伊叫去談了一下，但我們完全聽不懂他們說了些什麼。不久後年輕人回來了，卻沒有人開口說話。我看見這名年輕人在深夜裡哭泣。後來我把這件事寫進小說裡。

前一刻還活蹦亂跳的「人」，並且是和我有關的「人」，突然變成了一張血色全無的「白慘慘的臉孔」死去，這件事直到好幾年後，仍盤據在我的腦中不肯消失。我在旅途中接觸到人的死亡也不是一兩次了，然而這次或許因為我是關係人之一，所以那樣的記憶沉重地壓在我的心頭，直到現在都還折磨著我。

上一秒鐘還健健康康的孩子，下一瞬間竟成了死人。做母親的所經歷的悲傷與憤怒是多麼地深刻，肯定是旁人無從想像的。

然而村子沒有可以追捕加害人的汽車，也沒有相當於應該去做這些事的警察機關，所以沒有人來追我們。

開發中國家深山裡的村落居民，面對這種平白無端的突來悲傷，也只能默默承受。我正視到如此悲傷而殘酷的現實。

隔天，我們也以同樣的車隊陣容出發。機車起初騎得比前天慢，但漸漸地加快速度，就好像要盡快逃離昨天的現場一般。每當經過類似前天看到的小山村，我的內心便忍不住惴慄不安。

煙與風

現在在我們國家，除非有相當的堅持，否則人一死，葬禮就會依照葬儀社（殯葬業者）所設計出來的儀式流程進行，約兩小時結束，接下來送往火葬場，時間一到，便在焚化爐中火化成灰。

死者躺在棺材裡，盛裝打扮，被花朵和陪葬品團團圍繞，但這是此人（故人）「身為人類最後的樣貌」。與生前相比，面貌和身體的顏色等等當然改變了許多，軀體應該也是僵硬的，但外形仍是「人的形態」。

我看過多少次這種身為「人類」最後的模樣？我沒有數過，也不知為何不願去數，但葬禮結束，死者送往火化的這一刻，最令我強烈地意識到「生」與「死」的境界。但現在我認為，有人確認死亡，有留下來的親友幫忙進行葬禮這種「告一段落」的儀式，好好地埋葬在適當的地方，就算是幸福的人生了。

父親過世的時候，我還是小學生，有許多人來送葬，家裡鬧烘烘地亂成一團，因此我記憶模糊；但母親是在一九九七年過世的，而且享壽八十四。到了這樣的高齡，不管是葬禮還是告別式，「送別的人」都寥寥無幾，十分冷清。

但或許也因為如此，我能夠相當冷靜地去觀察、思考有形之物在熊熊烈火中大致消亡的現象。然後在這個過程中，首次得以平靜地將「母親的死＝人的死」視為純粹的「消亡」去接受。

所以，從疑似撞死孩童的順河而下之旅回來後，我便開始嚴肅地思考孩子突然的死，以及母親的悲慟之深。在人必須去承受的種種悲傷之中，那一定是唯有慟哭這種超越語言的形式才能夠表達的痛苦與悲傷。

也許是因為有過這樣的經歷，對於上了年紀的親人的死（比方說母親的死），我在精神上從容了些，能夠冷靜地將其視為「幸福的消亡」。

母親生前是一名日本舞蹈老師，我小時候一直覺得她體格結實，然而躺在棺材裡的她，感覺小巧得就像一尊娃娃。經過一連串俐落的「告別」程序後，棺蓋封了起來，接下來便是火葬的階段。

工作人員說會燒到剩下骨片，約兩小時後才能撿骨。慣例上，這段期間送葬者會在休息室吃些東西，但我沒那個興致，反倒走出了建築物。父親是在接近隆冬的時節過世，空氣刺骨，颳著季風。

我去附近散步了一下。這是個陌生的城鎮。走了約三十分鐘，折返的時候，我發現意外低矮的煙囪正冒出煙來（附近的居民都厭惡火葬場的煙，因此近年技術愈來愈進步，煙囪已經不會冒煙，也設計得幾乎不會引人注目）。

但儘管煙囪低矮，仍舊比地面高，因此季風似乎也更強勁，灰白相間的淡煙一冒出煙囪，就被吹成近乎直角，隨風飄去。

火葬場有多個火爐，因此那未必純粹是我母親在燃燒的煙，但從時間來看，我確信那灰白相間的煙霧裡，有幾縷一定是屬於我母親的。

母親乘著二月寒冷的風，正融入大氣之中。母親正逐漸化成了冬風——認清這件事時，我一陣安心，覺得母親這輩子一直到死，還算是頗為幸福。這時，我才獨自流下淚來。

以意想不到的預知夢形式，比任何人都更早感應到母親的死，讓我再次嚴肅地意識到不知不覺間在心中成形的「一個血脈與它的延續」這個問題。總有一天，我也會死去，屆時我能以任何形式讓自己的孩子意識到「血脈」的延續嗎？

「血脈」也就是「靈魂」的延續嗎？

我就這樣駐足原地良久，直到方才湧出的意外灼熱的淚水在冬風中乾去，仍不斷地思考著「形體」與「血脈＝靈魂」的問題。

接下來再過一個多小時，母親的肉身將被焚燒殆盡並消滅，只剩下一點骨頭。家人撿起這些骨頭，放入骨灰罈。到了這個階段，「母親的骨頭」便成了「母親的殘骸」，母親的靈魂本身，已化為我剛才感覺到的「冬風」，飄向遠方了。我覺得這麼想是極自然的，也覺得能夠這麼去想的話，下葬的時候，心情也能輕鬆一些。

石墓的意義

化為骨頭的母親被埋葬在菩提寺[3]的墳墓裡。全以無機質的石頭打造的日本墳墓非常冰冷、形式化，將所愛之人存放在這種地方的習俗，讓我感受到一種不合道理的「冰冷」。不僅僅是感官上的「冰冷」而已，還有精神上的「冰冷」。為何日本人會普遍地以石頭造墓？我在母親過世時，思考了這個問題。

我有個出生在中亞、由美國原住民扶養長大的女性朋友，她好像在哪裡看過日本的掃墓景象，對我說：

「日本人在掃墓的時候，會把墳墓周圍的雜草全部拔光，然後供上切花對吧？把自己的祖先埋葬的墓地長出來的植物這些『新生命』隨手拔除，供上切花這種形同『被殺死』的花，從精神層面來看，不是很奇怪嗎？如果是我，會希望是反過來的。」

這裡來看一下日本的墳墓樣式。一般的墳墓，中央立有石塔（棹石＝墓碑），石塔多半是花崗岩材質，底下墊著「上台石」、「中台石」、「下台石」，依序愈來愈大，前方設有「水缽」和「香爐」。

骨灰罈就存放在這些石頭下方的「納骨室」。納骨室裡收藏著歷代祖先的骨灰罈。這樣的形式叫作「唐櫃室」，對照全世界的習俗來看，這種墳墓的形態似乎相當特殊。這裡說的特殊，是從「埋葬」這個詞彙來看。

3 菩提寺也稱檀那寺，為一家歷代祖先之墓所在的寺院。

所謂「埋葬」，顧名思義，土葬的話，就是將整具遺體，火葬的話，就是將骨灰埋入土中，所以剛才我寫道「將遺骨放入骨灰罈中埋葬」，這樣的說法有些名實不符。

真正埋葬在土裡的遺體或遺骨，除非有極重大的理由，否則不會重新挖開再取出來。然而日本這種唐櫃式墳墓，每當家族有新的死者遺骨要放進去，說得難聽點，一般便會進行實質上近似於「挖墳」的行為。這似乎是世界上難得一見的形態與習俗。

從一些資料簡單地回溯日本的埋葬史，在繩文時代[4]，似乎是只有身分尊貴的人才會進行埋葬。不過形式很簡單，只是挖個洞，直接把遺體埋進去而已。進入彌生時代[5]以後，便有了放置遺體的棺材。火葬是從平安時代[6]左右開始的，但也和身分息息相關。

——據說絕大部分的平民，遺體都是直接拋入山谷或山上。這一直持續到江戶時代[7]，是處理居無定所者或路斃者屍體的方式。而在山區和谷地遠比現今要多的江戶，還曾經利用人的屍體做為填平城郊小溪谷或海岸及周邊濕地的材料（鈴木理生《江戶街道遍地屍骨》，筑摩學藝文庫）。

《柳田國男全集十二卷》（筑摩文庫）所收錄的〈葬制的沿革〉裡提到兩墓制。簡單地說，就是埋葬遺體的地點與石塔（墓碑）不在同一處，家屬祭拜的是埋葬地點（這叫「三昧」，出於它的性質，使用的是公共土地）以外的石塔。用石塔來祭祀祖靈，反映出當時的人比起遺骨，更重視靈魂的觀念。

岩田重則在《墳墓民俗學》（吉川弘文館）一書裡，如此說明為何會形成兩墓制：

掩埋遺體的土地會變得柔軟，如果埋的是棺材，棺木有時會腐朽而塌陷，因此

4 繩文時代為日本新石器時代，以繩文土器為代表，約紀元前一萬四千五百年至紀元前三百年。
5 彌生時代約為紀元前十世紀至西元三世紀，受到中國大陸及朝鮮文化影響，開始有了稻作農耕。
6 平安時代為七九四年桓武天皇遷都平安京，至一一九二年鐮倉幕府創設的這四百年。
7 江戶時代為德川家康於一六〇三年在江戶成立幕府，至一八六七年德川慶喜大政奉還的約二百六十年。

不適合在上面建立沉重的石塔。但如果僅將遺體掩埋起來，有時會被野狗挖出來，因此會在上面放置各種墓上設施。比方說枕石，這多半使用從河邊撿來的圓扁狀石頭。枕石不僅可以做為死者埋葬地點的印記，似乎也具有鎮住地下遺體的意義。

有時上面會搭建屋棚，或是插上雨傘。周圍還會插上許多剖開後彎折的竹子，就像在守護墳地一般，這叫作「驅狼」、「益母草」、「驅犬」等等。也有放鐮刀在上面的。

每個地區的做法，形態和意義都不盡相同，但這整體上應該就是最早的「墳墓」原型。

不過石頭、雨傘、竹子等印記，仍會在漫長的歲月中損毀或遭到破壞，可以輕易想見，到後來還是會搞不清楚祖先下葬的確切地點。所以人們開始在距離埋葬地點有些遠的地方建立石塔，此後遺族都到石塔處參拜。

想想這樣的經緯，便可以如此反駁剛才陳述美國原住民思考的女性朋友意見：我們掃墓的地方，又不是埋葬遺體的地方。

《墳墓民俗學》作者的另一本著作《「墳墓」的誕生》（岩波新書）裡提到「挖墓人」，也就是挖掘墓穴的人。這個職務似乎多半由村民輪流擔任，不過很多時候，隨著時間流逝，墓上設施會變得支離破碎，不論挖掘大小有限的「三昧」的任何一處，都很容易挖到以前埋葬的人的遺骨，因此這項差事極端受到厭惡。

相較於土葬時代的這種兩墓制，現今的唐櫃式墳墓，遺骨和慰靈象徵的石塔位在同一處，便不會發生前述的問題，比兩墓制更為合理。不過每當家族有人過世，燒成遺骨後，就必須打開納骨室，放入新的遺骨，這種方式從全世界的埋葬方式與墳墓結構來看，或許仍是相當特異的「習俗」和「做法」。

高樓大廈與墓地

我們家常有外國人來作客。我的孩子都住在美國，我和妻子也經常出國，因此來訪的客人，國籍也是五花八門。

有時我們會帶初次到訪日本的客人四處參觀。不管是西歐人還是亞洲人，對任何國家的人來說，日本似乎都充滿了異國風情。

有一次我和西藏的朋友一同前往羽田機場。我們從品川搭乘京濱急行電鐵過去。我們刻意不坐下，就站在車門邊，看著窗外流過的風景。因為我的職責是讓外國朋友盡量接觸日本的風景與風土。

這時西藏朋友問了：

「那是什麼？」

他指的地方是「墓地」。

「那是墳墓。」

我只能這麼回答。

這位西藏朋友來日本已經三個月了，對日本的文化風土有著相當豐富的知識。

但這好像是他第一次從電車裡看到「墓地」。

直到他詢問以前，我幾乎不曾意識過電車窗外的「墓地」，真正是視若無睹。

這麼說來，經過品川後，京濱急行線沿線確實不斷出現「墓地」（寺院）。由於是都會區的墓地，規模都很小，不過留神去看，這類小規模的「墓地」真的非常多。這讓我好奇起來，後來便總是特別去留意這些「理所當然」地冒出來的墓地。墓地另一頭林立著西藏沒有的近現代摩天大樓群。仔細想想，這些一塊又一塊的墓地與背景的摩天大樓群的對比，實在相當魔幻。

我又更進一步思考。

我去過提出這個問題的西藏人住的拉薩，以及距離拉薩有千里之遙的「神山」（佛教、印度教、苯教、耆那教的聖山）岡仁波齊峰好幾次，但是在旅行的途中，卻從來沒看過「墳墓」。

不只是西藏人，大部分的外國人來到日本，看到「墓地」都一定會問：「那是什麼？」

由於三番兩次遇到這種情形，我才注意到「日本的風景」當中，「墓地」實在是多得可怕。尤其是鄉下地方，路邊三不五時就可以看到墓地。這些墳墓有的只有一座，有的是四、五座墓石聚在一處。看在外國人眼中，曲線柔和的野山、大海及湖泊的景色當中，那種石塔整然並列的景象，似乎予人一種格外異質、過度「清晰」而堅硬冰冷的印象，是與自然風景格格不入的「異物」。

我們已經太過熟悉這樣的景色了，因此不覺得那景觀有什麼突兀，不過這應該單純只是「民族觀點」的「熟悉」問題。但同時我也開始覺得，這「熟悉的風景」或許其實非常古怪、是只屬於這個國家的「異質的風俗和風景」。

關於日本墳墓的起源和形態，我讀了許多民俗學的書，所以完全可以理解，只是卻也忍不住思考，對於死者來說，這樣的墳墓形式讓他們有何感受？

墓石底下的納骨室裡，裝在骨灰罈中的許多遺骨，就這樣幾十年之間（不，當然更久）靜靜地安置著。把它當作日本天經地義的習俗是很輕鬆，但它們將會一直（永遠）存在於日本各地，並且確實地不斷增加下去。

朋友的鳥葬

冒牌朝聖者

上一章我提到西藏人看到日本的墓地，反應非常奇妙。不過西藏人的這種反應只要稍微想想，其實是很自然的。因為西藏難得看到墳墓。我去過西藏許多次，所以敢打包票這麼說。

我去西藏旅行，目的是前往神山「岡仁波齊峰」朝聖。從中國西藏自治區的首府拉薩到岡仁波齊峰，約有一千公里。

整段路程幾乎都位在海拔平均四千公尺的終極高地，形同連續走在高山上，不過只要順應高度，山脊和山谷還是有雖未鋪設、但車子能夠行駛的道路，而且事實上我畢竟只是個「冒牌朝聖者」，所以是搭乘四輪驅動車前往目的地。我遇到一位很棒的司機達瓦，和他成了好哥兒們。達瓦比我年輕十歲左右，不過他呱噪的太太朵瑪拉說，達瓦跟我就像同胎出生的親兄弟。我們的皮膚都很黑，頭髮是鳥巢般的自然鬈，唱歌又都會走音。我想她說的沒錯，或許我們真的很像。

前往岡仁波齊峰的路程，有一半的道路十分危險。令人頭暈目眩的羊腸彎崖道（就類似日本日光地區的伊呂波坂[8]）上，沒有任何護欄，路肩輕易就會崩塌。只要下雨，道路立即寸斷，傾瀉而下的土石流兩三下就會堵住道路。幸而這裡的高山地區雨量極端稀少，反倒是乾燥而漫天飛舞的沙塵更教人吃不消。

蜿蜒的道路位在感覺有八十度的一連串懸崖絕壁上，遙遠的下方，可以看到不少仰躺的卡車等殘骸。從墜落的汽車破損狀態，我看出除非真的是福大命大，否則應該沒有人能夠生還。

朝聖者會透過各種手段前往岡仁波齊峰。最多的是約三十人擠在一輛卡車貨斗上前往的「團體」香客。據說很多都是從西藏各地以村莊為單位前往。由於整段行程都是野營，因此車身上一般都會琳琅滿目地掛滿寢具和鍋碗瓢盆等生活用品。車

8 栃木縣日光市連接馬返與中宮祠的坡道，正式名稱為日光道路，第一及第二伊呂波坂相加起來共有四十八個髮夾彎。

斗上的香客看起來很歡樂，常看見他們一起大聲歌唱。對他們來說，到岡仁波齊峰朝聖，是這輩子最大的「喜悅」，是一趟「夢想之旅」。

也經常看到幾個人結伴步行的香客。他們得徒步行走一千公里的路程（或是更遠）。更厲害的是以五體投地跪拜方式前往的朝聖者，他們以這種方式，就像尺蠖蟲一樣，以自己身量的距離，一點一滴地移動千里（來自偏遠鄉間的人，就要更遠了），朝向神山岡仁波齊峰前進。朝聖雖然沒有等級之分，但從感覺來看，各種朝聖方法之中，不論是過程的艱辛還是外觀上的崇高，這種一步一跪拜的方式，無疑都是最為撼動人心的苦行。

有時我會看到拍攝這些跪拜朝聖者的紀錄片，並以極嚴肅的旁白說明他們的苦行，但實際看到這些實踐苦行的人，或是與他們交談，在完成一天預定的行走距離後，休息時臉上綻放出最柔和的笑容的，也都是這些朝聖者。

五體投地跪拜的朝聖者當中，有時也會看到年約二十五歲的年輕女孩。想想這年紀的日本女生都在星巴克之類的店裡廝混，發出幼兒般的撒嬌聲聊天，而她們卻投身這樣的苦行，有時看了都令我忍不住動容屏息。

不過我也聽說過這樣的事：

「以五體投地的方式前往岡仁波齊峰的苦行朝拜，所能得到的護佑也是最大的。」

同時能夠進行這樣的苦行，也代表具有足夠的健康體力和經濟能力，是這些資源帶來了苦行朝聖的充實感。

一個人很難單獨進行五體投地方式的朝聖。由於可以從路線大致計算出當天的移動距離，因此每個朝聖者都有一到二人支援，幫手會先帶著寢具和糧食到預定地點搭好帳篷，準備好晚餐等待。匍匐大地而來的朝聖者結束一天的行程後，便與這些幫手一起喝茶，快樂地談笑。

電視紀錄片很少會拍到這部分，因此在沒有說明的狀況下，只看到五體投地跪拜的樣子，真的會很令人震驚佩服：世上居然有如此超越想像和體能、驚心動魄的朝聖方式！

我是坐四輪驅動車去的，所以遇到稍微崎嶇一點的地方，也可以迂迴繞路，迅速前進。但擠了滿車的團體香客乘坐的老卡車性能不佳，有時候就會卡在路上，老半天動彈不得。路上很常遇到這樣的車子，每次看到，都讓我心虛不已。不過朝聖者倒是都很樂觀，遇到這種時候，就會唱歌跳舞來打發時間。

也許是老天爺識破了我這個冒牌朝聖者的驕慢與大意，就在看著別人拋錨，自己開進崖道的時候，車子突然在一個極大幅度的彎道翻覆了。起初我完全不明白出了什麼事，但四輪驅動車整個四腳朝天了。車上每個人都是壯漢，無人受傷，但車軸折斷，完全報廢了。最可怕的是，車子翻轉兩圈，總算停下來的地點，只差兩公尺就是懸崖邊緣。如果車子再多翻一圈，我們絕對要命喪此地。

我想起了自己二十一歲的那場交通事故。那時我也在生死關頭走了一遭。當下我的腦中浮現一個恰到好處的形容詞：好狗運。不過精神上還是受到很大驚嚇，後來我整個人呆了好半晌，好長一段時間都不太能正確思考。後頭又來了三輛車，我們便合力把破損的車子挪到路邊去，以擠得像沙丁魚罐頭的狀態，繼續朝岡仁波齊峰前進。

岡仁波齊峰海拔六六五〇公尺，為佛教、印度教、苯教、耆那教的聖山。因此在途中與來自尼泊爾的道路會合後，便會有印度香客加入。聽說以前的印度王公來朝聖，都是率領大批隨從，一群人浩浩蕩蕩，王公又是乘轎子出行，因此一次朝聖，應該要耗掉一、兩年的時間。

進行五體投地跪拜的西藏朝聖者也是，經我詢問，不少人滿不在乎地回答：「我離開故鄉，前前後後已經兩年半了。」從古至今，岡仁波齊峰的朝聖就是一場賭上「生死」的旅行。而我這個冒牌朝聖者，也在那場翻車意外中經歷了符合「冒牌貨」的「死亡」危機。

據說以徒步或五體投地跪拜方式前來的朝聖者中，也有人在旅途中盤纏用盡，回不了家，就在岡仁波齊峰的山腳下，因朝聖者停留而形成一座村子的大金這裡，替人搬運行李或乞討，度過餘生。

岡仁波齊峰的朝聖者不能直接攀爬神山，而是「轉山」，沿著岡仁波齊峰外圍的山峰行走。約五千公尺左右的山脊與谷道，一般約三天兩夜可以繞完一圈。我的妻子去過岡仁波齊峰十幾次，其中總共轉山十一次，最近已經可以和健壯的西藏人一樣，一晚便繞完一圈。一般是順時鐘旋轉，只有苯教是逆時鐘。令人驚訝的是，五體投地跪拜的朝聖者在這條高低起伏劇烈的山岳路線，也一樣是投地跪拜，像尺蠖蟲一樣前進。據說下坡的時候格外費勁辛苦。其他人，不管是印度大公、來自村子的團體香客，還是我這種冒牌朝聖者，都是徒步前進。

五彩繽紛的風景

那應該是在途中的山上搭帳篷過夜的第二天。雖然已經適應得差不多，但持續在五千公尺級的高山反覆上下前進，還是相當累人，會上氣不接下氣。我走走停停，以自己的步調前進。在高低起伏的山脊上從相當於山口的地方俯瞰下坡路時，瞬間以為斜坡處稍微呈台地的地方，有一群外國人正在休息。

由於先前我也不時看見貌似歐洲人的人，才會這麼以為。我一邊走下斜坡，一邊心想他們可真有毅力，卻發現狀況似乎有些不太對。因為那些人一動也不動。

不久後我便發現理由了。那裡別說外國人了，根本沒半個人。遠遠地看去以為有外國人，是因為那塊地方有許多五彩繽紛的衣物套在石頭上，或是隨地丟棄。此外，還有破破爛爛五顏六色的經幡在強風中激烈地翻飛，卻又沒有半點聲響，反而更為怵目驚心。

西藏的高山地區基本上都是單色的。褐色的山、白色的雪溪、藍色或灰色的天空，還有雲，單一色彩的範圍極其遼闊。大自然當中是看不到五顏六色的小色塊散布的景象。

那裡是鳥葬場。

沒有主人的衣物像這樣散布在相當遼闊的範圍內，應該是被風吹散或鳥弄亂的緣故。頭髮也隨處可見。這些頭髮部分是因為鳥葬時鳥不吃頭髮，所以留了下來，另一方面則是因為在西藏的家庭，女性有將梳頭時脫落的頭髮保存起來的習俗。聽說日本以前也有這樣的習慣。朝聖者會將這些髮束供奉在鳥葬場，所以散落在那裡的頭髮當中，似乎也包含了大量的這類頭髮。

因為我曾經聽說，於是忍不住找了一下，也發現了用來肢解遺體、俗稱「石砧」的大岩石。稱為天葬師或鳥葬師的助手會將死者放在這塊岩石上予以肢解。風吹過無人的鳥葬場，聽起來就像死者微弱的吶喊。

我不再繼續停留，翻過斜坡，前往下一座山谷。

鳥葬之前的過程

關於西藏的鳥葬，有許多書籍描述了各種內容，但大部分似乎都是傳聞或聽人轉述，因此書裡頭寫的方法也是五花八門。這應該是因為西藏幅員遼闊（聽到西藏，許多人會以為是「西藏自治區」。不過原本西藏指的是地形圖上全世界最高、最廣大的青藏高原全域及其周邊地帶，面積約是日本的七倍大），因此各地的做法和規矩有所不同。其中一本書提到，西藏的鳥葬場大大小小加起來，共有一〇五七個地方。

西藏的寺院大都位於高台，後方就是鳥葬場。這應該是因為背後高聳的石山就住著許多鳥葬的主角——禿鷹，正好兩相方便。

我的妻子（渡邊一枝）從一九八七年至二〇一二年，總共二十六年間，每年都會去一兩次西藏，長的時候待上半年，短的時候也會住上一個月，幾乎踏遍了整個西藏。她也出版了不少以西藏為主題的書，《騎馬走西藏》（文春文庫）、《我的西藏紀行》（集英社文庫）、《請用酥油茶》（文英堂）等，約十本左右。

她在西藏的好友父親過世，以及我們的好友達瓦因病過世時，做為鳥葬的見證人之一，兩次親臨鳥葬現場，因此比起各種記錄鳥葬傳聞的西藏相關書籍，她所「看到」的情節是最為具體、清楚的。

達瓦的過世，真的令我傷心極了。他是個很棒的人，和我同乘一部車時，總是直覺地察覺我會想拍照的地點，不必等我開口要求，就先為我停下車子。我無法參加達瓦的葬禮，但妻子趕去了。

家屬不能參加鳥葬，女人原則上也禁止參加，但長年和達瓦一起旅行、與他極親的妻子，破例被允許參加他的鳥葬。

我在自家重新詳細地向妻子採訪現今的西藏式葬禮直到鳥葬的一連串過程。

病死的達瓦首先被送到寺院。達瓦住在拉薩，所以送去西藏最大的寺院大昭寺。在寺院，僧侶會為死者念誦「枕經」。我讀過的幾本書說，這時會在死者的身體放石頭（避免死者的靈魂脫離迷失），但達瓦那時候沒有這麼做。接下來，這基本上是僧侶，不過達瓦的例子是「占星術師」前來，根據西藏曆法、占星術及死者的干支等等，決定並指示接下來要執行的各種事項。

所指示的「該做的事」相當瑣碎，像是遺體回家以後，頭要朝哪個方向擺放、周圍要放置哪些東西（達瓦的情況，是要去北邊的河川找來白色的石頭，放在頭的旁邊），還要用線將遺體與某個方向綁在一起等等。如果指示要在頭的旁邊擺老鼠頭，不必用真的老鼠頭，以黏土做的代替也可以。

這些事由遺族、親戚、左鄰右舍執行，不但要準備給死者的供品，還要張羅食物招待聚集的客人，遺族忙得不可開交，連傷心哭泣的空閒都沒有。

鳥葬的日子，是從西藏曆法中的「黑日」或「白日」挑選適合死者的日子。那時候，達瓦是由他的獨子塔西揹著死去的父親前往寺院。當時的塔西應該是國中一年級的年紀。想到這一幕，我忍不住潸然落淚。那景象豈不是太感人了嗎？

送葬隊伍的成員，每一個都手持線香。這支送葬隊伍，領頭和殿後的人以及不可以參加的人等等，也是依據干支等基準，有著嚴格的規定。此外，送葬的時候絕對不可以回頭。據說這是為了避免被死者知道回家的路。還有，會預先用一條叫「結界」的白線，隔開住家和寺院。

遺體從寺院放上卡車後，便送往鳥葬場。這天除了達瓦以外，還有其他兩具遺體。

鳥葬場在距離拉薩兩小時車程的寺院後山。這天的鳥葬是三具遺體一起進行。達瓦包在身上的白布被解開，俯臥放置在「石砧」上。在這個階段，已經聚集了大批餓腸轆轆的禿鷹，見證人得忙著將牠們趕到一邊去。不只是禿鷹，還有烏鴉和狗。

鳥葬師首先將俯臥的達瓦從背部筆直剖開，拉出內臟，將病死的達瓦生病的內臟向見證人展示。遺體被剖開後，禿鷹便會興奮地撲上來，要一邊肢解肉體，一邊趕開牠們，相當辛苦，好幾隻禿鷹合力把死者的上半身給叼走了。

「那個時候我看到達瓦的臉，知道被叼走的是他。」妻子說。

死者被肢解得細碎，好方便禿鷹食用。堅硬的大腿骨和頭蓋骨用鐵鎚敲碎，骨頭用青稞粉做的西藏主食、也是用來攙在酥油茶裡食用的糌粑丸子包起來，方便禿鷹取食。

這時因為有許多饑餓的禿鷹，短短一個小時內，三個人的遺體就消失得一乾二淨，不過現場留下了強烈的屍臭。在鳥葬期間，由於一團混亂而無暇去感受的「遺體消失」這個事實，也由於彌漫在四下的屍臭這不可思議的餘韻，強烈地在腦海中復甦。

鳥葬的基本理念，是經過頗瓦（Phowa，靈魂升天）的儀式（葬禮）以後，人所留下的肉身就只剩空殼，因此基於「施捨」的思想，施予饑餓的鳥等動物食用。所以妻子說，中國人稱此為「天葬」，其實是錯的。「天葬」只是字面上好看，卻未必能表達出它的實質。天葬聽起來像是靈魂升天這樣的認識或表現，但其實這應該是期望「轉生」而執行的儀式。

鳥葬結束後，見證人不能直接回到家屬身邊。必須先去個茶店，洗個手，喝點白色飲料（牛奶等）。從這天開始，每七天都有規定的法事。比方說，這段期間要用素陶盛裝氂牛（順應高海拔地區的大型牛）的糞便燃燒，四十九天之間不斷地燃燒牛奶、起司等白色食物。據說這種煙的氣味，能夠安慰死者在天之靈。

西藏的生死觀中，最讓我感興趣的就是他們會抹去死者一切痕跡的風俗。本人的照片不必說，連故人寫下的文字、生前的物品、衣物等等，全都會拿去送人或是丟掉，而且極為徹底，像合照等等，就只把故人的臉部用剪刀剪掉。所以西藏當然沒有墳墓，也沒有在日本理所當然的佛壇、牌位、用豪華相框裱起來的故人笑臉的遺照等等。死者不光是遺體，連他活過的痕跡也全數從世上抹消。

達瓦留下了妻子和兒子。揹著父親參加送葬隊伍的塔西，我第一次見到他時，他就好像出現在日本民間故事裡的頑皮少年，但現在已經快長成一個魁梧青年了。不過對塔西來說，溫柔的爸爸臉孔，僅存在於他的記憶當中。

我拍了許多達瓦的照片，所以他的笑容並未完全從世上消失，不過我決定暫時繼續向塔西保密。

以上便是與我們夫妻最親近的西藏朋友的鳥葬經過。

在西藏，也不是所有人都進行鳥葬，只要希望，也可以採用土葬或火葬。只是在高山這種全是岩石的地形，能夠土葬的土地有限，因此範圍很小。再者，西藏林木稀少，火葬原本就不盛行，在這樣的前提下，能夠選擇火葬的，似乎只有一些富裕人家。

做為長久以來的風俗習慣，葬儀費用低廉的鳥葬應該還是會延續下去，不過最近西藏也有許多超市等現代商店進駐，所謂的「垃圾食物」逐漸滲透到一般民眾，長期食用這些東西的人，遺體似乎帶有自然界沒有的化學味道和氣味，使得敏感的禿鷹愈來愈不愛吃。由於似乎出現了這種現象，這意想不到的變化，或許也將迫使這「舉世罕見」但意義深遠的喪葬方式做出改變。

丟棄孩子的亡骸

回歸大地

蒙古採行的是風葬。

聽到風葬，感覺似乎頗為風雅。

因為比起被鳥類啄食肉體，被風運送到遙遠的某個地方，總覺得美麗優雅多了。不過這只是從「風葬」的字面任意做出來的美好聯想，可以想見，現實上風葬的現場比起鳥葬應該更「粗暴淒慘」多了。

一九九〇年代開始的約十年之間，我為了製作紀錄片和電影，會定期前往蒙古。為了尋找理想中的取景地點，我搭乘汽車、馬、直升機等交通工具，造訪了相當多的土地，卻從未看見過墓地。後來我得知我拜訪的地點全是很少有人土葬或火葬的地方，才恍然大悟。在蒙古，僅有少數地區實施以土葬和火葬為主的埋葬方式，這主要集中在蒙古的東南地區（內蒙古等地）和新疆維吾爾族自治區。

我前往的地區，是有許多遊牧民族的所謂「外蒙」全區。那些遊牧民族直到今天仍普遍採行風葬。

騎馬在草原上移動時，我曾幾次經過疑似「風葬」遺跡的地點。是同行的蒙古人告訴我的。他會說：「這裡兩三年內進行過風葬。」

痕跡簡單明瞭。簡而言之，就是有一塊頗為廣大的區域，散布著並非動物、而顯然是人骨的骨頭。像人的大腿骨，一望便知。起初我以為是馬的骨頭，但仔細一看，比馬骨小上太多。只要尋找，應該也可以發現頭蓋骨，但我不想刻意去找。「有時候只有頭會被大型動物叼去遠處。」蒙古嚮導告訴我。

風葬簡單地說，就是「曝屍荒野」。幫忙處理遺體的，是草原上的狼、野狗、各種齧齒類小動物、類似安地斯神鷹的一種叫「塔斯」的凶猛大鳥，以及太陽和風，還有細菌等等，它們一點一滴地讓遺體確實地回歸大地和天空。

那個時候我拍攝的電影《白馬》裡面，有一段插入了赤羽末吉的繪本《馬頭琴》的故事，其中描寫了馬的死亡。蒙古的遊牧民族非常重視馬。電影中還有少年死去的場面，因此我向蒙古的專家詳細請教了一些關於「死亡」的習俗和規矩。

蒙古的國土約是日本的四倍大，因此每個地方的喪葬習俗都不相同，但祭悼死者的意識大體上是共通的。

也就是：回歸大地。

蒙古的山口等地方有一種叫作「敖包」的東西，非常富有蒙古特色，以日本來說，就類似「路口神」，蒙古人把重要的東西都供奉在這裡。不過因為外形太奇特了，突然遇到它的外國人，或許只會把它當成一座小垃圾山。當珍惜的物品壞了或家畜死了，遊牧民族就會把物品或頭蓋骨供奉在這裡。藏傳佛教在山口等地方也有類似敖包的「Labtse」（石塚），那裡都會拉上好幾條經幡，作用非常相似。

旅人遇到敖包或「Labtse」，就會念誦固定的咒文，繞行三圈。咒文裡包含了希望自己接下來旅途平安的祈禱。就我的體驗來看，這個風俗不論是西藏還是蒙古，都完全相同。

傲慢的營火

國立民族學博物館的教授小長谷有紀專精蒙古耆老述說的傳說故事、蒙古全域風物、習俗、生活觀等等。關於風葬，這裡就參考小長谷教授所寫的幾本著作，詳細地來看看它的樣貌。

小長谷教授在《蒙古草原的生活世界》（朝日選書）的風葬項目中，首先提到風葬一般都被說成「葬在天上」，因此或許應該稱為「天葬」才正確。

除了風葬以外，還有土葬和火葬，在鄰近水邊的地區，如果死者留下遺言希望讓魚吃掉，也會進行「水葬」，因此蒙古等於是實踐了一切的自然葬。不過火葬在蒙古接近特殊葬，只有喇嘛、貴族、孕婦、傳染病患者才會火化。在蒙古大部分地區旅行過後，我發現火葬在蒙古無法普及最重要的原因，應該是因為這個國家真的就是一片「大草原」，樹木生長的地區非常有限。就和位於林木線以上的西藏一樣，燃燒遺體的燃料取得十分困難。

稍微偏題一下，我在全世界旅行，認為最能增進自我認識的時候，就是在發現每個國家的「異文化」其實皆源自於這些自然環境的差異的時候。說得極端一點，住在加拿大、阿拉斯加、俄羅斯這些北極圈的原住民，都沒有火葬的習慣。他們生活在沒有樹木的地方，別說火葬的燃料了，就連用來燒烤捕獲的海豹、鯨魚、海象等食用的燃料都沒有，所以他們才會被思慮淺薄的先進國家嘲笑為「愛斯基摩」（意為「吃生肉的人」）。但他們藉由生食肉類，完整保存血肉中的維生素，徹底吸收營養，才能讓民族延續至今。

在同樣的意義上，我有一段直到現在仍對蒙古人感到極為羞愧的記憶。約十年前的某一年，旅行公司企畫了一場旅程——「椎名誠陪你前進蒙古大草原」。

這場旅程約有兩百名成人參加，不過我不必全程跟著旅行團，只需要在各個重要地點與他們會合，進行講解就夠了。季節是舉辦「那達慕」（相撲、賽馬、弓箭大賽）的夏季，白天的豔陽讓氣溫超過四十度。旅行社是大阪的公司，因此參加者大多數是關西人，也有許多大阪大媽。

旅程最後一天，大阪大媽群起向旅行社抗議：「說到椎名誠，就是營火啊！我們是來跟椎名先生一起在蒙古大草原生營火的，快點生營火啊！」

在那之前，我已經在談論蒙古的體驗時，確實說明過「大家四下看看就可以知道，蒙古是個草原國家，木材等燃料嚴重不足，因此遊牧民族每日的炊煮，都必須使用乾燥的牛糞」，不過看來沒有一個大阪大媽認真聽進去。

如此這般，基於「顧客就是神」的立場，旅行社的人和蒙古人開著卡車不曉得去了哪裡，運來一堆可以當柴燒的舊木材。說到大阪大媽，她們是全世界最強的生物（?!），因此旅行社的人也只好想方設法滿足她們了。

晚飯之後，生起了盛大的營火，問題是夏季的蒙古要到深夜十一點才會天黑。說到晚飯後的八點這個時間，熱得跟日本的盛夏白天沒有兩樣。營火生是生了，但實在太熱，根本沒有人要靠近。眾人只是在五十公尺外的地方遠遠地圍成一個圈，呆呆地盯著火堆看，形成了一幕莫名其妙的畫面。

只是圍成一圈，看著不斷燃燒的火力能源的日本人集團，讓蒙古人看了作何感想？或許他們把它當成了某種類似「拜火教」的宗教儀式也說不定。

我覺得在那裡熾烈而空虛地燃燒的，是「直接把日本人的感性帶進自然環境與文化截然不同的國家的傲慢」。看著那完全是平白浪費的火焰，對於沒能制止他們的自己的愚昧，我暗自引以為戒。不論是西藏的鳥葬還是蒙古的風葬，背後都有著自然環境的制約。

所以蒙古的風葬才會將故人託付給拂過大草原的風，而不是交給鳥吧！

祈禱復活與重生

前面談到，我在蒙古拍攝的電影正片中（不是其中的小故事）有小孩子死亡的場面，因此我向蒙古耆老請教了他們的喪葬習俗。對方年事已高，而且是透過口譯對話，我不確定自己是否確實理解了對方全部的意思，不過內容相當特別。

從這段訪談，我得知遊牧民族社會對於「兒童的死」有著特殊的生死觀，簡單地說，就是「兒童的死不被單純地視為死亡」。特別是對於嬰兒，這種觀念更是堅定。如果有嬰兒死去，不論任何地區，都一定會將嬰屍「放置於荒野」。

小長谷教授的書裡詳細地說明了這種風俗，可以清楚地看出這一點。

「值得注意的是，嬰兒與胎兒死去時（中略），會使用日常性的動詞如『失去』、『丟掉』、『甩下』、『慢了』等等，形容得彷彿掉了東西一樣。」

最令我印象深刻的是，父親會把死掉的幼兒或胎兒裝在袋子裡，騎馬提到離蒙古包有段距離的地方，從馬上拋下遺體。他們會特別挑選更可能有人經過的草原中的十字路口或Y字路口丟棄。

父親找到適合的地點，就會把胎兒（丟棄似地）放在那裡，騎馬順時針繞過丟下的孩子後，返回蒙古包。這一定是充滿了超越悲傷的慟哭、令人心如刀割的差事。

丟棄的時候，會刻意把裝著小屍體的袋口稍微解開，好讓經過的人容易打開。沒有人經過的時候，就等待烏鴉、喜鵲等野生動物，或是自己養的狗來吃。蒙古人認為，幼兒的遺體必須讓家人以外的人（或動物）第一個接觸到，否則死亡儀式就無法完成。

這奇妙的習俗，是為了祈禱嬰兒的重生（前書的內容）。反過來說，比起成人的死亡，這是充滿了更多親情的儀式。是因為在精神上相信有那百分之幾的可能性（轉生的可能性），才能夠做到的儀式。

這樣的風俗遍及整個蒙古，所以如果有人真的碰巧發現這類盛裝幼兒遺體的袋子，就要幫忙打開袋口。

不過一直沒有人剛好經過，也沒有動物感興趣時，父親就得再次前往，換個地點放置。如果都過了兩個月，還是沒有家人以外的人或動物接觸到遺骸，父親便會把孩子的遺體安放好或做上印記，祈禱他能夠在這個世界重生。

在這樣的風俗中，最令我驚愕的是，抛棄孩子屍體的地點，距離居住的蒙古包並不遠，因此丟棄的嬰幼兒屍體有時會被自己養的狗（遊牧民族為了驅趕野狼，每一戶都一定會放養三、四隻狗）給啃掉幾口，甚至殘屍被拖回家，父母隔天早上一醒來，就會看到蒙古包門口擺著殘破的屍體。這種情形似乎頗常發生。一早看見這景象的父母內心，也只能以慟哭來表達了。

當孕婦與胎兒一同死亡的時候，據說為了避免胎兒變成「鬼」，很多時候會剖開孕婦的肚子，取出胎兒，與母親分開來火葬（死亡的孕婦原本就是火葬的對象）。與蒙古的遊牧民族打交道，經常會被他們強大的精神力與生命力所震懾。但也可以清楚地瞭解到，他們所生存的環境就是如此嚴酷，若沒有這等精神力與生命力，是無法生存的。

此外，遊牧民族幾乎都是「兒孫成群」。遊牧最需要的就是人手，因此必須生更多的孩子，為家業貢獻勞力。

女人的平均結婚年齡是十五歲左右，順利的話，從這個年紀就開始懷孕，然後一年一胎。

蒙古人挑媳婦的標準是「愈健康愈好」。我聽說過這樣的事：

以結婚為前提的準媳婦前來拜訪男方的蒙古包——簡而言之就是「相親」。在蒙古包裡，有著一般的招待和應酬，不過重點是準媳婦出去小便的時候。這時未來的婆婆會跟著一起出去，在大草原中和準媳婦一起小便，為的是聆聽女孩小便的聲音。如果排泄的聲音強而有力，未來的婆婆便會認定這是個健康的女孩，同意讓她嫁給兒子做媳婦。

與遊牧民族打交道時，我發現二、三十歲的太太們幾乎每一個都挺著大肚子。在逐漸現代化的今天，這種狀況似乎有些改變了，但據說直到不久前，一個女人生十個小孩是司空見慣的事。如果不在十五歲結婚，實在是來不及生到十個孩子。

一個蒙古包家庭有七、八個兄弟姊妹是很常見的。我為了採訪而拜訪蒙古包時，也經常看見十來個面貌相同的大人和孩子一個接著一個從蒙古包裡冒出來，畫面教人發噱。

薩滿與精靈

我曾經去過實際舉行蒙古葬禮的小聚落。過世的似乎是個老人，我剛好碰上送葬隊伍。馬車上載著棺材，但因為才剛遇見，不好詢問是要送去風葬的地點，還是採用其他喪葬方式。不過送葬隊伍連十個人都不到，也沒有任何常見的伴奏樂器。我知道送葬者全是男性，所有的地區都禁止女人參加，但並不明白理由。此外，習俗中禁止近親送葬。不久後，這支極安靜的送葬隊伍消失在沒有半棵樹木的小丘另一頭，朝著反方向前進的我們，則進入送葬隊伍出發的聚落。聚落裡並沒有剛舉辦過葬禮的奇妙緊張，只有幾個人很平常地對話，收拾有人死去的蒙古包周圍。蒙古的葬禮不會哭泣或表現悲傷。雖然也並未禁止，但他們似乎認為悲泣不是一件好事。

蒙古的葬禮中，規定得特別嚴格的，就是前面提到的對嬰幼兒及胎兒的死亡那令人震撼的「習俗」，不過，我覺得這與我後來去到亞馬遜叢林深處，所遇到的原住民對幼兒死亡的特殊感情有些相似。

亞馬遜的原住民一般也都是大家庭，女人結婚後，大腹便便就成了日常狀態。家族成員會這麼多，一方面是因為他們沒有避孕觀念，再者也是沒有避孕的方法，但我認為在亞馬遜叢林深處，每個部族的薩滿巫師具有非常重要的影響力。

我曾經採訪過內陸的原住民家庭，原住民多半是以一名強而有力的家長為中心，兒女們的家庭聚在一處生活，有時會遇上多達三、四十人的大家庭。我詢問這些年輕家庭他們的家庭成員，發現由於多產，小孩很多，但他們經常使用「現在有六個，以前有七個」這種說法。換句話說，有一、兩個孩子在嬰幼兒時期便過世了。更進一步詢問，會發現死法不清不楚，譬如他們會說「某天早上就不見了」。

我漸漸明白，這是一種「下落不明」的死法。我跟他們一起生活過，所以知道那環境有多惡劣，像是每到雨季，原住民便會在輕木做成的木筏上搭建小屋，用繩索繫住木筏的一端，以抵抗亞馬遜河湍急的流水，好停留在同一個地方。搖搖晃晃學步走的小孩也在那木筏上玩耍。我看著他們，一顆心真是七上八下。木筏總是濕答答的，很容易滑倒。而正在學步的小孩要是有專人看管也就罷了，卻沒有人專門負責這件事，只有小姊姊小哥哥想到會看一下而已。

如此一來，萬一幼兒在無人看顧的時候失足一滑，掉進亞馬遜河的湍流裡，肯定會沒命。溺死也就罷了，但河裡到處都有長達兩公尺的巨鯰、鱷魚、森蚺等等。

對這些動物來說，落水漂來的幼兒，一定就像上好的珍饈。

所以詢問家中成員，他們回答「以前有七個，現在有六個」的時候，如果追問：「那一個去哪了？」他們多半會回答：「被精靈帶走了。」

在更深邃的內陸地區，靠近哥倫比亞和委內瑞拉國境的亞馬遜源頭流域，有亞諾馬米人（Yanomami）的保護區。國分拓《亞諾馬米》（新潮文庫）這部衝擊性十足的報導文學，便是為了拍攝紀錄片，與他們共同生活了一百五十天的記錄。書中描寫的是一個生活中大小事情都聽從薩滿巫師指示的原始社會，其中有個場面，是一樣多產的年輕孕婦為了生產，獨自走進叢林深處。亞諾馬米人不存在一夫一妻制，女人不停地懷孕，而母親一個人獨力生產。在叢林裡平安地生下嬰兒後，年輕的母親會細細端詳嬰兒。她必須一個人做出嚴峻的決定（而不是由薩滿巫師做出指示），是要自己扶養這名嬰兒，還是交給精靈？如果母親決定把生下來的嬰兒交給精靈，就把嬰兒殺掉，然後放入白蟻塚。

幾星期後，母親會親手將那個白蟻塚整個燒掉。

沙漠中小船裡的木乃伊

成為熾烈的太陽、強大的動物

亞洲各地似乎都有風葬的習俗。前面具體介紹了蒙古的例子，不過雖然叫作「風葬」，但也不是風會帶走遺體，簡單地說，接近於「曝屍荒野＝曝葬」。「曝葬」的「曝」，是「暴露」的意思，由此可以看出遺體處理最原始的「結構」。

我實際看到的葬禮中，還有一個是寮國山岳民族的叢林葬，基本上一樣是「曝葬」。寮國有多達五、六十支少數民族，據說有多少族，就有多少種喪葬方式，不過山岳民族的喪葬方式似乎大同小異。

人死後，首先遺體會安置在類似擔架的東西上，用布覆蓋，放置在屋前的路上幾天。這段期間，親人會先暫時離家，住在朋友家裡，由左鄰右舍不眠不休地「看守」遺體，免得被野狗或大型猛禽類啃食。

這樣的「習俗」，據說是為了防止死者懷念自家或家人而回來。過了一段期間以後，死者就會被送往山上，我剛好看到的就是這時候的送葬隊伍。

送葬隊伍全由男性組成，沒有女人，人數不多，約二十人左右。他們在山中搭起一座約三至四公尺的高台，死者就放置在高台最上方。接下來就交給太陽、風、鳥以及從地面沿著高台木頭爬上去的蟲子處理。聽說有些地方不是建高台，而是用樹木的細枝做成鳥巢狀的容器，安置遺體。這叫作樹葬，似乎常見於美國原住民、澳洲原住民和朝鮮半島。

與高台葬有些不同的是，以這種方式安葬的人，多半是薩滿巫師或女巫、神主、靈媒師等，也就是能接觸神靈、身分特殊的人，但理由我並不清楚。我的妻子在西藏某些地方看過人們將孩子樹葬。那是林芝的部分地區，屬於森林地帶，這裡的人會將未滿一歲的嬰屍放入桶子、木桶、籃子等，擺在原始森林的樹上安葬。

不管是高台葬還是樹葬，不到一年，死者就會化成骨頭掉落地面。有些民族會將骨頭回收，也有些置之不理。

我也在緬甸大致遊歷過一番，一般來說，都市採用火葬，鄉下採用土葬。在這個國家，可以感覺出與其說是埋葬，其觀念更近似於「死者必須丟掉」。他們不是對死者冷漠，而是基於這個國家大多數的人信仰的上座部佛教思想，認為比起已經變成空殼的遺體，從肉身解放的靈魂升天更為重要，這與藏傳佛教的鳥葬將遺體施捨給其他生命（禿鷹或狗）的思想，或許很接近。

因此緬甸和西藏一樣沒有「墳墓」，當然也沒有「掃墓」、「祭祀」這些概念和習俗。這類「風葬」似乎也流傳在巴布亞紐幾內亞、密克羅尼西亞群島等地區，但形態有些許變化。我也去過這些國家旅行，但當時對於各民族的喪葬儀式差異還沒有太大的興趣，因此並未留意這方面的知識。現在的我認為，旅行的時候必須要求知若渴才行。

據說「風葬」是將太陽視為生命源頭崇拜的人想出來的方法。確實，舉行風葬的國家，多半是經年日照充足的「陽光燦爛的國家」。也許他們有著希望死後成為強大的太陽的思想。同時這似乎也和古人的生物觀有關。

人類的文化及文明在進化到某個程度以前，並不認為人與動物之間有優劣之分，有些民族甚至認為動物比人類「高等」，因此強大的動物經常會被視為神明的化身，這些民族對於成為這類動物的餌食，似乎並不感到排斥。因為他們認為死後被鳥獸吃掉，等於是被神的化身吃掉，可以藉此回歸「神國」。在日本，古代似乎也有這樣的埋葬方式。這從日語的詞彙發展也可以看出來，比方說「埋葬」（Haburu）這個詞便是源自於「拋棄」（Hafuru）。

令人驚訝的葬禮

就像這樣，每個國家的喪葬方式和思想迥異，因此有時會突然遇上相當奇特的葬禮。像印尼的蘇拉威西島（Sulawesi，舊西里伯斯島〔Celebes〕）的山岳民族托拉查人（Toraja）的思想，便似乎與寮國的山岳民族南轅北轍。托拉查人有「殯」的風俗。「殯」也存在於過去的日本天皇、皇族，以及沖繩的庶民之間。

「殯」是人死後直到下葬之前，為了祈禱死者復活，家人與遺體暫時生活在一起的風俗。安置遺體的方法形形色色，有些用布包裹，有些放在棺材裡。

據說托拉查人與遺體共同生活的時間一般是三個月左右。當然屍體會發出腐臭，但也只能忍耐。

葬禮的時候，會用一種有屋頂的船型台子搬運棺材與喪主，由許多人合力抬起。這時會像日本抬神轎那樣，大聲吆喝，並活力十足地用力搖晃台子。據說這是為了鼓舞故人出發前往靈界成為神靈。以抬棺儀式而言，相當罕見，但這類熱鬧的葬禮似乎意外地不少。

最讓我驚訝的是柬埔寨的葬禮。當時我下榻在市區的國際飯店，但某天早上，天色將亮未亮，我就被一陣巨大的噪音給吵醒了。

鑼鼓喧天，吵得震天價響，同時還用音箱大聲播放歌唱般的吟誦聲音。樂器聲加上人聲，幾乎是驚天動地，若要比喻，就像清晨四點天都還沒亮，就有兩三台右翼的宣傳車把擴音器音量開到最大，在我們周圍繞行一樣。這樣形容，讀者是否可以稍微感受到有多吵鬧了？

當然房客都氣壞了。外國人團團圍住櫃台，氣呼呼地抗議：「那到底是什麼鬼聲音！」

原因很快就揭曉了。

是飯店隔壁的人家在辦喪事。柬埔寨的葬禮，在人死隔天一早就開始舉行，為了讓死者的靈魂毫不猶豫地升天，會盡可能製造巨大的聲響、大聲誦經，好把死者趕出家門。

但是再怎麼說，當時天都還沒亮啊！氣憤的房客要求飯店想想辦法，然而櫃台人員卻只是推諉：「這就是這個國家的習俗，飯店不能干涉鄰家的喪事。」

後來房客也只好認了，這天飯店的客人全都在早得離譜的時間醒來。

聽說這恐怖的喪事持續了三天，但幸好這天我就必須前往其他地區，逃過了三天的強制喚醒。

雖然不同於一般的喪葬或墳墓，不過，這裡也談一下甚至沒有葬禮的戰爭犧牲者好了。柬埔寨有集中營「吐斯廉」（Tuol Sleng）的遺址，附近有座高塔，是用慘遭赤柬最高領導人波布（Pol Pot）屠殺的可憐犧牲者的頭骨堆積而成的。高度我沒有確認，但感覺上應該有十公尺。建築物的一部分是透明的，從外面可以看見裡面堆得滿滿的頭骨。

附近是電影《殺戮戰場》（*The Killing Fields*）的舞台，屠殺現場的淒慘荒野上，到處都是巨大的坑洞。從這些坑洞的泥土牆面，可以看見五顏六色的布塊。一問之下才知道，這一帶到現在都還掩埋著大量尚未被挖掘出來的死者，也不知道究竟還有多少遺體深埋其中。

除了這類過去可怕的大屠殺現場，我也看過越南的「戰爭遺跡博物館」（War Remnants Museum），與波蘭的奧斯威辛集中營（Konzentrationslager Auschwitz-Birkenau）這類大型「集中營」，它們與一般的墓地意義當然完全不同，但這些地方的空氣都同樣地沉重，即使經過了如此漫長的歲月，依然充滿了沉痛的氛圍。

奧斯威辛集中營我連續去了三天，回來的晚上，只能用烈酒灌醉自己，否則實在無法入睡。奧斯威辛附近的比克瑙（Birkenau）這個地方，有大量遭到屠殺的屍體用推土機送來，這些屍山被淋上石蠟，以火焚燒。由於屍體數量過多，土地都沉陷下去，現在成了一片池塘。這座圓形的池塘直徑約五十公尺，現在站在岸邊，仍可以看見有小小的白色物體浮上來。據說那是人的碎骨。四周圍是一片森林，有附近的居民到這裡來採菇等等，但也許是才剛看過集中營內部和水泥洞穴的毒氣室，印象太過強烈，活在現代的附近居民和平地採菇的景象讓我覺得突兀極了，一時難以接受。

明朗的水葬

前面談過了鳥葬和風葬，接下來應該談談水葬。我在尼泊爾和印度親眼看到了水葬。

在印度的聖地瓦拉納西（Varanasi），我迎面碰上從上游漂過來的水葬遺體，印象實在太深刻了。當時我還年輕，沒有人委託，卻為了親身體驗眾多朝聖者的感覺，全身脫光光地走進恆河裡。我沒辦法像印度教徒那樣連整顆頭都泡進河裡，並口含河水，行正式沐浴，所以只是游到河中央而已，結果在那裡連續碰到三具在水面載浮載沉而來的屍體。其中兩具以布包裹，外面以繩索捆紮，但有一具形同赤裸。

後來我才知道，這些遺體是從瓦拉納西更上游的地方漂過來的，經過烈日的曝曬，體內的腐敗氣體令屍身膨脹，撐破包裹身體的布和繩索，使得遺體的裸身暴露出來。

後來我乘小船前往上游時，也在船上看到許多這類光溜溜的遺體。仰躺漂浮的遺體，大部分長相都已經無法判別。因為疑似印度禿鷹（長喙兀鷲）的鳥類會以遺體的眼珠為中心，激烈地啄食。看到臉變得像石榴般爆開的屍體，真的很教人鬱悶。但是我的印度人嚮導卻能在這類遺體剛漂走後，舀起河水津津有味地飲用。

第一次在恆河游泳時，因為我只會蛙式，所以沒有喝到水，但回到日本後，我把這件事告訴醫生，惹來一頓痛罵。他說對我們這些沒有抵抗力的日本人來說，恆河的水就形同無數病原菌的濃縮精華湯。

印度教徒認為恆河「河流本身就是神」，因此任何一處的水都是聖水。朝聖者都會在恆河河畔的河壇（Ghat，階梯狀的沐浴場）停留數十天，因此那一帶全是野營的人。尤其是最大的聖地瓦拉納西的河壇，總是擠滿了不下一千名的朝聖者，比菜市場還要吵鬧。

河壇背後的巨大牆壁，畫著對日本人來說怵目驚心的巨大壁畫，像是口中垂下血淋淋長舌頭的破壞與創造之神濕婆、許多手提著刀子與男人首級的女神迦梨、有著象頭的象神等等。以音質極差的大型音箱播放的莫名其妙宗教歌曲，在周圍呼嘯似地旋繞著。我曾在旅行散文中描寫當時的景況，將它形容為「千名瘋女的狂吼」。

除了朝聖者以外，還有數目相當的乞丐伸出骨瘦如柴的手乞討一派薩、二派薩的鋁銅板。臉上和身體畫有獨特的宗教印記的苦行僧做出各別不同的打扮。人潮當中，肋骨凸出的牛隻或是慢吞吞地行走，或是躺臥。來自全國的朝聖者的孩子們，就像舉行運動會似地聚成一團跑來跑去，恆河則開起了兒童游泳課程。

談論瓦拉納西的文章，筆觸經常是近乎刻意的陰鬱，但實際上那裡充滿了有如團體旅行或慶典般的歡樂明朗氣氛。不過如果毫無準備地前來，最初會因為過度的暑熱，加上這些密度太高的過度刺激，不到三十分鐘就身心俱疲了。但只要去上幾次，神經和視覺也會漸漸習慣，便能夠感受到印度人認為生於這樣的混沌、死於這樣的混沌，是人生最大的喜悅。朝聖者對於能夠踏上聖地而歡天喜地，這與聚集在岡仁波齊峰的西藏朝聖者是完全一樣的。

圍繞著河壇，有一些外觀單調的建築物，它們叫作Shanti（寧靜）或Mukti Bhawan（解脫之館），俗稱「死者之家」，死期將近的人，會與家人在這裡「等死」。印度教是以「重生」為前提的宗教，因此等死的人與家人，都沒有陰沉或凝重的感覺。這裡也沒有任何醫療上的維生治療，純粹是精神層面的安寧設施。

河壇的左右，一早就開始為「順利」結束一生的死者進行火葬。男性遺體包上白布，女性則是包紅色系的布，放在裝飾有花朵的竹製梯狀擔架上，送往火葬場。

火葬場有露天和室內等各種形式，不過河壇左右的露天火葬場，一整天焚燒死者的火焰及滾滾濃煙從未停過。火葬場依等級分為幾種方案，像是會淋上汽油或石油來增加火勢的，或是僅用木柴焚燒的。遺體燒成灰後，便倒入恆河。在火葬的烈火與煙霧繚繞中，河壇上的大批朝聖者一早便望著自對岸升起的太陽專注地進行沐浴，醞釀出莊嚴的氣氛。

去到當地以後我才知道，不是所有的印度教徒都採用水葬，水葬多半是孕婦、小孩和病死者，亦即未能壽終正寢的人才會採用。土葬難得一見，但死於傳染病的人，會立刻埋入土中。因此在印度，土葬是最受到忌諱的。

據說水葬的時候，會在遺體綁上重石，所以我想從上游漂來的遺體應該是窮人，沒有充分綁上這類重石，無法繫留在水下，才會漂流到這裡來。石頭不夠，應該就無法讓遺體沉在水底，又或是石頭一下子就鬆脫了，才會漂到瓦拉納西這裡來。

漂流到岸邊、腐爛了一半的遺體遭到狗或鳥類啃食，也是很常見的情景。由於是這種狀況，不論是採用火葬還是水葬，印度教都不設墳墓。

我在抵達瓦拉納西以前天天都吃咖哩，胃有點消受不了，所以從途中開始便改吃炸河魚，剝掉魚鱗後在白肉上撒鹽巴吃。不過愈是靠近恆河，我漸漸發現餐廳端出來的這些魚應該都是恆河捕來的。恆河裡的魚，有極高的可能性從超過三千年以前就一直以死人為食。發現自己或許也參與了這輪迴轉生的循環，我不禁陷入極複雜的心情。

住在孟買附近的帕西人（Parsi）（祆教徒）則認為遺體是世上最污穢的東西，所以焚燒屍體會污染火和大氣，土葬會污染大地，水葬則會污染水，因此他們將遺體放置在高塔上，供禿鷹啄食。

儘管同樣是鳥葬，但觀念在根本之處與西藏的鳥葬截然不同。雖然只是遠遠地瞥見，但我在孟買親眼看到過那種鳥葬塔（叫作「沉默之塔」）。那時候好像沒有進行鳥葬，但我看見附近的樹上確實有許多大鳥正緩慢地在空中盤旋著。

去過印度幾年後，我在尼泊爾看到帕舒帕蒂納特廟（Pashupatinath Mandir）的葬禮。在眾多觀光客的圍觀之下，遺體被綁在梯狀的擔架上，斜倚在小型河壇，讓腳浸泡在流過寺院的巴格馬蒂河（Bagmati）。這似乎是一連串儀式的尾聲，接下來便放到附近的木柴堆上，進行火葬。聽說這裡不使用汽油或石油，因此焚化最短也需要六小時。焚化後的遺體會拋入巴格馬蒂河，但同行的尼泊爾人告訴我，要完全燒成灰是不可能的，所以是以相當半生不熟的狀態拋入河中。流速極快的這條河，似乎與恆河相連在一起。

沙漠中的船棺

有一種水葬是船葬。玻里尼西亞、婆羅洲、菲律賓等地方會製作小型的船棺，觀察海流，在適當的時間將遺體流放大海。像北歐古代維京人貴族的葬禮就很可怕，據說是在真正的小船裡擺上遺體和陪葬品以及活生生的女奴，放一把火後，推向大海。這與印度的「娑提」（Satī，寡婦殉死），也就是寡婦必須和丈夫的遺體一起活活燒死的習俗，有著同工異曲的殘酷。據說印度的娑提習俗，是死去的丈夫的家人為了奪取寡婦的嫁妝而出現的風俗，現今已經受到政府禁止，但據說有些鄉下地方依然繼續執行。

據推測，四面環海的島嶼多半會採用將遺體放上小船的水葬。日本也在古墳等地方發現過船棺，熊野等地區過去好像也有把未死但將死的老人流放大海的習俗。這不是「捨姥山」，而是「捨姥海」。

沙漠也有船棺。在沒有水的沙漠居然有船棺，真的很不可思議，但也許在古人的生死觀中，思想上認為要將死者送往另一個世界，再也沒有比船更安全、確實的交通工具了。

一九八八年，我參加「中日共同樓蘭探險隊」，前往塔克拉瑪干沙漠深處，探訪兩千年前滅亡的雅利安系民族所建立的沙漠王國「樓蘭」，但我更感興趣的是斯文・赫定（Sven Anders Hedin）探險過的羅布泊。也就是赫定在書中提到的「漂泊之湖」。我們去的時候，過去存在於沙漠的那座巨大湖泊已經完全枯竭，連半點水窪都沒有，但到處都能看到許多痕跡，像是乾燥的蘆葦，以及遍布各地、甚至遠到地平線另一頭的相當大型的螺貝等等，顯示出這裡在古代應該是一片大湖。

在這裡，赫定挖掘出一具面容姣好的高貴女性木乃伊，應該是兩千年前的樓蘭王國貴族。這具木乃伊被安置在一座精美的船棺中。

我們是繼日本的大谷探險隊之後，睽違七十五年再次進入樓蘭的外國探險隊（幾年前，NHK的電視紀錄片《絲路》中曾介紹這具美麗的沙漠木乃伊，但影片是中國隊拍攝的）。

晚上就睡在滿天星辰之下。星星的面積比夜幕更多，感覺就像夜幕好勉強才能在星辰的縫隙間占得一席之地。躺在帳篷裡，望著滿天燦星，我的腦中浮現「星海」一詞。

象徵樓蘭的巨大土製窣堵坡（stūpa，這個梵文詞彙後來演變成「卒塔婆」，傳入日本）周圍，有許多遭到盜墓的墓跡。兩千年之間，許多盜墓者冒著生命危險來到此地，挖掘墳墓，盜取陪葬品。待在這座樓蘭古城的三天之間，我看到好幾具疑似身分低微者的遺體被挖開一半後就這樣遭到棄置。有的半木乃伊化，有的化成了白骨。雖然簡陋許多，但這些古老的遺體也都安放在船棺裡。

將遺體安放在小船，是基於沙漠生死觀的思想，還是據傳有琵琶湖二十倍大的當時的羅布泊真的舉行過水葬？如今這已成了永恆的謎團。但直覺地來看，在各種送葬方式中，將死者以小船送往沙漠中的大湖，就宛如派往星海的使者一般，這樣的風景實在美麗動人極了。

死在日本的美國人

在歡笑與哭泣中送別的葬禮

我的女兒在紐約前前後後住了十八年，因此我拜託她替我詳細調查一下美國現在的葬禮和墳墓形式。

以下便是她的報告。

參加葬禮的服裝，日本的話，喪服都是黑、白、灰這些極盡低調的顏色，但美國好像沒有這類所謂的「社會常識」，想要怎麼穿都可以。葬禮上的花朵也不是滿滿的白菊花，而是愈熱鬧愈好，所以就像慶生會一樣，也有紅色和黃色等五顏六色的花。

葬禮上，人們會圍在棺木旁聊起各自對故人的回憶，一起歡笑或流淚。沒有必要像日本這樣，從頭到尾苦著一張臉。才說完令人歡笑的往事，下一刻又說起令人悲傷的回憶。如此一來，真正的悲悼便會自心底油然而生，這就是真心話的威力吧。

看來美國和日本大不相同，不必在葬禮上拚命朗讀前天辛苦寫好的悼詞，充滿了一板一眼的儀式性強迫氛圍。美國的葬禮多半三十分鐘就會結束，有些人會繼續參加下葬，有些人直接回去。

美國的埋葬程序之所以和日本大相逕庭，是因為美國的遺體保存技術（embalming）相當先進，能夠為遺體進行防腐的只有手握執照的人。除了醫院人員以外，能夠接觸遺體的，就只有這種持有執照的專家。未經防腐程序的遺體，不能送回自家。

較鮮為人知的是，日本的這種遺體保存技術受到高度肯定。在談論這一點之前，有必要知道為什麼會出現這種技術。這是源自於美國的技術，與戰爭有著密不可分的關係。

石井光太在新書《日本異國紀行》（NHK出版）中詳細地說明了箇中經緯。遺體保存技術首次出現在美國南北戰爭。在這場內戰中，有六十萬名以上的人戰死沙場。

遺體不能當場掩埋，必須送回各人的故鄉。這時他們便對遺體進行了防腐措施。百年以後，美國發動越南、伊拉克戰爭，將許多士兵送往國外，並將許多戰死者送回母國。

此時除了為遺體進行防腐之外，還會盡可能修復遺體的損傷（即使只有外觀也好），使得這套技術更加發達了。這本書提到，美國將遺體保存技術傳到日本，是一九七四年的事。該書也同樣詳細介紹了經緯，而我直到讀了這本書才注意到一個問題：日本政府都如何處理客死在日本的外國人？

美國的喪葬基本上採取土葬。最重要的理由是信仰，當耶穌再臨，建立新國度時，信徒需要「肉體」才能復活，因此遺體不能焚化成骨灰。基督教與天主教的教堂和墓地也有所不同。完全沒考慮到佛教徒和伊斯蘭教徒，也真的十分美國作風。

美國電影中經常可以看到土葬的場面。與死者親近的人聚集在墓旁，一人抓起一把泥土撒在棺上，然後神父或牧師念誦《申命記》（舊約聖經之一）的一節。基本形式似乎大致如此。

所以比方說美國人死在日本的話，就必須將遺體完整地歸還土葬的國度——美國。就算過世的外國人來自允許火葬的國家，如果只送骨灰回去，還是會出現不知道是不是死者本人的問題。因此不管對方是來自炎熱的國家還是遙遠的國家，總之都有義務將遺體送還故鄉。

在日本，每年似乎有超過六千名的外國人死亡，平均一天得把將近二十具遺體送出海外。冷凍貨櫃與這種遺體保存程序，已經成了日常業務。

關於遺體保存技術，有這樣的一則傳聞，不過我覺得應該是一種都市傳說。由於遺體內外施用太多防腐藥品，即使土葬，也沒有任何泥土中的細菌願意靠近，使得遺體在地底下逐漸風化保存起來，也就是木乃伊化了。或許可以算是一種化學木乃伊吧。第一個發現它的是來偷陪葬品的盜墓者。這名盜墓者後來被人發現，他被恐怖的木乃伊嚇得當場癱軟，動彈不得。

紐約的墓地

曼哈頓的面積相當於東京的山手線內側，但是走在這處紐約的中心地帶，我不曾看到過墓地。美國的墓地很大，有公共墓地和教堂墓地兩種，曼哈頓只有非常古老而小規模的墓地。

教堂擁有的墓地或公共墓地，似乎都成了郊外占據偌大面積的美麗公園墓地。以前人們多半在教堂舉行葬禮，埋葬在教堂墓地，但據說最近愈來愈多人交給殯葬業者處理，在教堂舉行葬禮的比例只剩下百分之五左右。

殯葬業者主持的葬禮，是在公園墓地裡的殯葬會館進行（類似日本的殯儀館，但規模天差地別，氣派豪華，在美麗的公園裡設有小聖堂與告別廳）。

墳墓設在日照良好的廣大森林公園裡，士兵優先規畫在較好的位置。一般來說，墓標基本上是十字架，但也有不少人的墓什麼都沒放。自殺者的墳墓會放上石頭。根據不同的人種和文化背景，有各種形式，聽說最近的流行是附上照片，義大利裔的有花俏的裝飾。

女兒寄給我殯葬會館的聖職人員給她的「追悼卡」，做為參考。

追悼

南西·M·弗提

一九三三年七月十二日出生

二〇一一年十二月十九日逝世

〈主禱文〉

我們在天上的父：

願人都尊祢的名為聖。

願祢的國度降臨；

願祢的旨意行在地上，

如同行在天上。

我們日用的飲食，今日賜給我們。

免我們的債，如同我們免了人的債。

不叫我們陷入試探；救我們脫離那惡者。

因為國度、權柄、榮耀，全是祢的，直到永遠。

阿們！[9]

克里斯多福・T・喬丹殯葬會館
紐約州島嶼公園

美國的喪葬儀式中最令我意外的是，原來美國也有水葬。以下是住在美國的朋友體驗的「美國式水葬」。

熱愛海釣的丈夫過世，為了符合丈夫的心意，妻子決定採用海葬。順帶一提，美國直到幾年前才開放水葬。

「我在一月二十九日進行了丈夫骨灰的撒灰儀式。我本來以為只是開船到兩英里外的海上，把灰一撒就結束了，但過程出乎我的意料。我們從長島南岸的自由港（只要是釣客，應該都知道這座港）出海，往大西洋行駛了一小時，來到可以看見長灘海岸的地點。我們乘坐的船雖然號稱可以容納五十人，但客艙待上二十人，感覺就很擠了。我們大概知道外子常去釣魚的地點。據說有許多海鳥的地方，表示海面下有很多魚，所以我們把船停在那裡。甲板上舉行了一場葬禮，船長念誦改編自〈主禱文〉的文章，接著朗讀類似『回歸大海』的詩，然後將骨灰罈放入籃子，垂入海中，蓋子在海面漂浮起來。我們將準備好的鮮花投入海中，花朵在骨灰罈周圍漂蕩著，看起來很美。」

伊斯蘭教的喪葬

女兒也替我調查了住在美國的伊斯蘭教徒的喪葬儀式。她訪問了一名住在紐約，嫁給巴基斯坦人，自己也改信伊斯蘭教的日本女性。

首先，伊斯蘭教徒沒有相當於日本的佛壇或神壇的東西。伊斯蘭教徒死後皆採

9 此段採用基督新教和合本《聖經》修訂版之譯文。

用土葬，禁止火化，也不像基督教徒那樣，會使用藥品為遺體防腐。遺體會盡快清潔。這個程序由與故人同性別的家人或親戚進行，然後盡速埋葬。清洗完畢的遺體會裹上白布，但殉死、戰死的人，不會進行清洗，以故人死時穿著的衣物直接土葬。

伊斯蘭教、基督教與猶太教系出同源，因此沒有輪迴轉生的思想。他們認為審判之日將會到來，善行惡行皆會得到相應的報應。壞人會被打入地獄，但只要悔改，得到阿拉的寬恕，就不必下地獄。

葬禮在清真寺舉行，參加者基本上穿黑、灰、褐等顏色樸素的服裝，由伊瑪目（Imam）（相當於僧侶或神父）主持葬禮。清真寺中，男女座位有嚴格的區分。遺體運至墓地時，只有男性可以送葬。據說這不是因為《可蘭經》禁止女性前往墓地，而是不准在墓地哭泣。

十足英國風格的聰明葬禮

接著我詢問住在英國的朋友那裡目前一般的喪葬儀式。英國與美國和日本最根本的不同，在於英國人的葬禮完全是私人的，說得極端點，只有真正為故人的死感到悲傷、懷著由衷哀悼的心情送死者上天堂的人，才會去參加葬禮。這樣的觀念相當徹底。

因此訃聞會通知親近的人，但不會像日本這樣勞師動眾，必須帶著奠儀匆匆趕去參加守靈和告別式。英國的葬禮以親人為主，只有真正親近的少數人聚在一起，進行相當於日本的守靈和告別式的儀式。除了親朋好友以外的人不會來參加，頂多只會送花表達哀悼。

英國的葬禮不像日本常見的這樣，不光是生前親近的人，連稍微沾上關係或生意上有往來的公司員工都跑來參加，認為靈堂擺滿愈多花圈、規模愈盛大、愈多人來拈香，才算是「了不起的葬禮」。

知道英國人的葬禮方式之後，就會忍不住覺得日本這種勞師動眾的葬禮實在幼稚透頂。

英國人很重視大自然，園藝風氣也相當盛行，因此簡單的葬禮（與美國的率性有些不同，人數雖少，但氛圍似乎更為感傷）結束之後，接著便是下葬，不過據說七成是火葬，三成是土葬。如果喪家要求，也可以用黑馬拉著黑色馬車搬運棺材。火葬的話，連骨頭都會燒成灰。

不管是土葬還是火葬，都會依據回歸大自然的思想，土葬的棺材使用紙板等容易分解回歸大地的材質，並在土葬的地點種植樹木。掃墓的時候，就是回來看看這棵樹長得如何。由於法律也未限制骨灰不能亂撒，因此似乎不少人就像施肥一樣，撒在公園的草地或樹木根部。只要看到撒骨灰處的樹木成長，花朵盛開，家人就感到心滿意足了。

法國將喪葬視為社會福利的一部分，明確地認為應當由整個社會提供支持。因此不只是喪葬會場，其中的擺設、入殮的費用等等，都有統一的標準，看不到殯葬業者為了做生意而搶破頭的景象。同時喪葬費用與日本相比，也壓倒性地低廉。

法國的墓地與美國等國家不同，位在相當繁華的地區，受到良好的管理，就像都市公園一樣，明亮美觀。由於地處市中心，墓地的大小平等統一，都是一公尺乘二公尺見方，無論是有錢人、名人還是平民百姓，都差不了多少。只要在墓園裡細心尋找，也可以發現藝術家莫迪里安尼（Amedeo Modigliani）、音樂大師蕭邦、歌手琵雅芙（Édith Piaf）等人的墳墓，因此經常可以看到有人在墓園裡散步，尋找這些名人的墓。法國人似乎認為，對於安葬的死者，也應該要帶給他們歡樂和明朗。

不過另一方面，巴黎也有神祕的地下墓穴（Catacomb），與地上這類熱鬧的墓地彷彿兩個極端，真的十足法國風格。

地下墓穴與巴黎古時的都市建設有著密切的關係。巴黎屬於石灰岩地質，一直到十九世紀以前，興建地面的建築物時，幾乎都是使用這些從地底下大量挖掘出來的石灰岩。石灰岩被挖掘以後，自然形成了空洞。二〇一一年二月號的《國家地理日本版》雜誌做了一個專輯〈歡迎來到巴黎地下世界〉，淺白地說明石灰岩隨著時代不斷地被挖掘，造成地下遍布錯綜複雜的坑道，到處都是空洞的情形。

這些地底下的巨大空洞與坑道，在第二次世界大戰時成為反抗軍的祕密基地，或德國占領巴黎後的地堡，不過在十八至十九世紀時，人們將地上的墓地容納不下的死者遺骨扔進這些廢棄的採石場裡頭。這些數量驚人的人骨，現在井井有條地陳列在地下洞穴裡，成為巴黎的地下觀光名勝之一。

不過，往後也將不斷地有大量的人死去。因此這些現在看上去十分明亮華美的巴黎都市區的公園墓地也都設有使用期限，從「六年到永遠」，分成五種合約。我認為這是比法國更小的國家——日本——必須學習的制度。因為在慣例上永世祭拜祖先的日本，那些絕對不會融入大地的大理石墓碑往後只會有增無減。

死後回歸子宮

儒教思想的喪葬

前面從各國的例子，已可以看出喪葬儀式主要是根據各宗教理念的該國習俗，現在再來看看更鄰近國家的例子。

韓國信仰基督教、佛教等各種宗教，但喪葬儀式與這些宗教的儀式無關，主要是根據韓國人在生活上奉為圭臬的「儒教」思想。

儒教並非宗教，而是「人生的基本指標」，比方說「長幼有序」等觀念就相當廣為人知。事實上只要去到韓國，隨時隨地都可以看見人們尊敬長上的表現。坐公車時，一看到有長者上車，年輕人就會立刻起身讓座；在餐廳，一群人一起用餐時，在最年長的人動筷之前，沒有人會自行開動。

年輕人在長輩面前喝酒時，也都很自然地採取側身飲用（更禮貌的人，會用手遮住杯子）這種謙讓的態度，說話的措辭等等，也都極盡恭敬。

在韓國旅行時，這些都是很常見的景象。這與常有年輕人滿不在乎地叉開兩腿霸占博愛座的日本實在天差地別，每當想起日本的這種狀況，我總是會感到焦急與失望。

受到儒教規範的韓國，喪葬儀式採用的是與宗教戒律不同的另一套習俗。其中最為重要的，應該是對父母過世的觀點。

韓國人認為父母會逝世，是因為孩子對父母的照顧、孝心不夠，為了對自己的不孝表示慚愧，他們的喪服多半是以最粗糙的原色麻布製成的韓服，並戴上頭巾。

此外，韓國人認為人死後會有使者從另一個世界前來接走故人的靈魂，因此家中有人過世時，家人會先放聲大哭，好通知另一個世界有人死了。同時，一名家人要帶著故人的上衣爬上屋頂，對著北邊揮舞衣物，呼喊故人的名字，並告知地點，不過現在似乎都會省略此一步驟。

庭院會擺設「使者桌」，為來自陰間的使者準備飯菜，並放上一雙草鞋。葬禮上會談論故人的回憶，或唱歌安慰家人；死後經過二十四小時，大多數便會為遺體穿上壽衣（日本叫「經帷子」），安放在豪華的漆棺裡。

「韓人過去受到儒教的影響，會土葬在山地或丘陵斜坡處的堆墳狀家族墳墓，但最近火葬的比例似乎愈來愈高。韓人認為死者的靈魂會與遺體分離，停留在喪家。葬禮後會舉辦三天的虞祭，並在第一年舉辦小祥、第二年大祥等祭祀儀式，經過這些祭禮後，靈魂才會離開喪家。」

（松濤弘道著，《最新 世界葬祭事典》，雄山閣出版。此為原文的摘要）

與其他國家的葬儀有些不同的是，韓國在下葬時，會附上類似陰間使用的戶籍謄本的東西，上面寫有故人的官名和姓名等等。

這是因為韓國認為死者的靈魂與生前擁有完全相同的人格與形貌，因此對家人來說，祭祀死者便成了最重要的使命。這樣的觀點，似乎也和儒教精神有著密不可分的關係。

龜甲墓

去沖繩旅行的人，第一次看到沖繩的墳墓，都一定會問：「那是什麼？」

沖繩的墓叫「龜甲墓」（或龜殼墓），就像屋子一樣大，有著渾圓的屋頂，特色十足，據說是十五世紀左右從中國傳來的。我聽過一種說法，認為龜甲墓是模仿女性的子宮形狀，好在人死之後，讓死者再次回到生前的安居之處。以前死者會先安葬在這種龜甲墓裡，等待遺體化成白骨後，再拿到海邊進行「洗骨」儀式，因此有埋葬和洗骨兩次葬儀，稱為「二次葬」。現在火葬已成為一般方式，因此二次葬也消失了。

在日本，只有沖繩的墓是這種巨大的墳墓形式，其中有幾項理由。一是沖繩沒有檀家制度[10]，寺院與墓地是不相干的。另一點則是沖繩的家族（稱為「門中」）意

10 檀家制度始於江戶時期的宗教統制，將家族（檀家）與特定寺院結合在一起，形成永久的葬祭布施關係，也具有戶籍制度的作用。

識非常強烈，墓地以家族為單位進行管理、祭祀及掃墓。

龜甲墓的前方都有一塊廣闊的空間，幾乎可以形容為「前庭」，這便是家族門中全體來掃墓時的集合場地。舊曆一月十六日，島上的人稱為「十六日」，是「死者的過年」，家族會在這天聚集到墓前。除了這天以外，還有「清明」，與「十六日」一樣，門中會全體前來掃墓。我曾經受到某個家族邀請，參加清明的掃墓現場，情景十分感人。

前來掃墓的家族，每一家都會各自帶來「供品」，在墓前鋪排開來，也會準備酒（泡盛），和祖先一起享受盛宴。

我在一旁看著，只見疑似家族長老的人向祖先報告族人來為他們掃墓了，並向齊聚一堂的族人致詞。接著某個分家代表向祖先與族人報告近況，像是「我家兒子某某今年高中畢業，女兒去年在田徑賽拿到了好成績」，然後換其他分家也同樣進行報告。其中也有小朋友本人聲音清亮地報告「我今年讀小學一年級了」，或是年輕人向眾人介紹即將加入家族的未婚妻。

酒宴不知不覺間配合三線（蛇皮線）伴奏歌唱起來，還跳起沖繩特有的舞蹈卡恰西（Kachāshī），熱鬧無比，幾乎持續一整天。我只知道大和（內地）式的掃墓，因此這種動員整個家族的沖繩式掃墓，令我覺得既感動又佩服。

此外，沖繩各地都有「御願所」（或「拜所」），人們會對著它向東方大海遙遠的另一頭「理想鄉＝死後的世界」祈禱。在沖繩，死後的世界叫「儀來河內」（Nirai Kanai），他們相信祖先的靈魂都去了那裡。

葬儀的原點

約五年前，我偶然在大阪的舊書店買到民俗宗教學家上山龍一的《送葬的原點》（大洋出版社），書中有許多地方令我深受銘感。從裝幀來看，印量應該不多，實在很可惜。買下這本書的時候，我完全沒想到自己有一天會寫作關於死亡的書，只是個人單純對古代喪葬感興趣，才會拿起此書。

書中許多內容對我來說有些深奧，因此這裡僅挑選我能夠理解、而且有意思的部分介紹。

首先是關於人死之後予以埋葬的儀式是從何時開始的推論。一般說法認為，地球上的第一批人類，是距今約四百萬年前出現在中非奧杜威峽谷（Olduvai Gorge）的南方古猿（Australopithecus）。後來經歷冰河時期，出現了克羅馬儂人（Cro-Magnon），散布到世界各地，這就是我們的祖先。

在這之前，人即使死去，遺體應該也是像動物一樣隨處拋棄，但是進入新石器時代，人口增加，形成村落以後，便開始有了埋葬死者的做法。

據說能夠追溯到最早的，是西元前五千年左右的埃及。埃及各地發現了許多墳墓，大部分都是屈葬（彎起膝蓋蹲踞的姿勢）。為何會是這種姿勢，有諸多說法，像是為了防止屍體被惡靈附上，跑出墓地作亂，或是讓死者恢復胎兒的姿勢，以祈禱死者重生，又或是為了節省墓穴空間等等。

將死者製成木乃伊，是更後來的事，不只是貴族，一般平民也盛行木乃伊葬。

木乃伊葬向來被視為是為了祈求死者復活，但也有些說法認為不一定如此，這些爭論應該有許多埃及考古學家在著作中從各種角度提出學說。

不過《死者之書》（*The book of the Dead*）等一些古埃及經典，都反映出埃及人也具有強烈的輪迴轉生思想。而這不一定全是祈禱能夠重生為「人」，也有些咒文是祈禱能夠轉世為鷹隼、獅子或蛇。

不想在來生變成蒼蠅、蛆蟲，所以拚命認真地過好這輩子，並虔誠地信仰、祈禱，似乎是較晚近才有的觀念。

因為古埃及的生死觀與生活觀當中，並不認為動物與人類之間有優劣之分。簡單地說，人類無法自由地在天空飛翔，也不像獅子擁有壓倒一切動物的強大。此外，蛇在這個時代具有獨特的神聖地位，近似於神。祈禱死後重生的咒文裡，好像也有一些滿厚臉皮的，大剌剌地希冀想在來世轉生為「神」。

此外，也有人希望得到混合人與動物的新生命，受歡迎的有人頭鳥身的生物，或是有腳的蛇。守護金字塔的人面獅身像應該就是其中的代表。

崇高的眼鏡蛇

相對於木乃伊葬，史前時代的古埃及好像也有過將屍體分別埋葬在不同地方的做法。這同樣是希望死者復活重生的儀式，將人體分成許多部分，埋在不同的場所，就可以像穀物播種那樣，各自重生。

這本《送葬的原點》還提到日本古代也有與此相當類似、極驚悚的埋葬方法。譬如說《日本書紀》[11]。我沒有讀過《日本書紀》的這個部分，因此只能間接引用，據說有一段提到保食神的屍體被分成許多塊埋起來，結果頭長出牛馬、額頭長出小米、眉毛長出蠶、眼睛長出稗、肚子長出稻子、陰部長出麥子、大豆和紅豆。被殺死的女神從全身各部位長出各種神靈或植物，這類神話在希臘、印尼等世界各地皆有流傳。

前面提到「有腳的蛇」，它在古代埃及叫作「撒特」（Sata），是每天不斷地死去又復生的不老不死蛇神。守護生產的神是蛙神，這似乎是將蝌蚪到青蛙的變態以及冬眠，與復活的願望連結在一起。

不過最為尊貴的動物神還是眼鏡蛇，圖坦卡門的面具額頭上的裝飾就是眼鏡蛇的蛇頭，由此可知這種動物神的地位之崇高。

在印度，蛇神稱為「那伽」（Nāga），一樣以眼鏡蛇為最高等。印度教裡，濕婆神的脖子上就纏繞著一條眼鏡蛇，守護著主神；王宮和寺院的牆上也都一定畫有眼鏡蛇。

在佛教，眼鏡蛇也是「那伽」，象徵著守護佛陀的可靠生物。在中國，蛇變得更加巨大化，成為了「龍」。

蛇也是世界共通的守護死者的象徵。也許是因為眼鏡蛇凶暴的能量，以及能夠一擊擊斃盜墓者的「力量」受到崇敬，才會得到與神明同等的地位。

11《日本書紀》成書於七二〇年，為日本第一部官方史書，記錄從神代至持統天皇的神話、傳說、記錄等等。

祆教與日本

祆教是日本人相當陌生的宗教。我調查了一下，發現祆教是西元前五千年至四千年左右，從印度到伊朗、南俄一帶，主要是遊牧民族所信仰的宗教，在各種宗教當中，似乎是起源最為古老的。

最初祆教傳播於印歐語系之間，到了西元前三千年左右，分裂為印度系與伊朗系兩支。

祆教的喪葬儀式有著極嚴格的規定，認為人死之後，靈魂會停留在遺體頭上三天。這段期間，必須避免遺體遭到惡魔入侵，並賦與遺體力量，好讓靈魂有能力前往另一個世界。

首先請僧侶念誦真言，家人服喪禁食三日，焚火並以動物的血做為供品。

第三天的夜晚，由於隔天死者即將啟程，會以穀物、肉和一種叫豪瑪（Haoma）

的酒來祭祀。死者的靈魂得到這些，便有力量渡過通往另一個世界的黑暗河川。即使是祆教這種日本陌生的宗教，也有日本所說的「三途川」（冥河），十分耐人尋味。

靈魂脫離後的遺體，就只是個空殼，因此會放置在荒野的岩石上，像西藏一樣進行鳥葬。祆教與西藏的鳥葬思想最大的差異，在於西藏人是將靈魂脫離後的屍骸「施捨」給饑餓的禿鷹等動物，但祆教就像前面說的，認為遺體是世上最污穢的東西，必須拋棄。更有意思的是，祆教認為生前行善的好人的遺體，比罪犯等惡人的遺體更要污穢。

這需要一點時間理解，不過簡而言之就是這麼一回事……

好人生前能夠抗拒惡魔的入侵，因此非常堅強，而這樣的好人居然死掉了，必定是由於遭到更強大的惡魔入侵的緣故。消滅好人之後，惡魔依然盤據在整個屍身，因此一般人甚至不能觸摸遺體，必須由僧侶或徹底潔淨過的特殊人士運往鳥葬場。

本章有許多內容參考了《送葬的原點》，這本書的某一章還提到，祆教的戒律與日本的習俗有相當多的類似之處，令人訝異。其中之一是兒童成長過程中的各種儀式及意義非常相似，但與本章不太有關，所以省略不提，不過關於血的不潔觀相近得令人吃驚。比方說，過去日本女人月經來潮時，就會被趕到主屋以外的地方隔離，而在祆教裡，這樣的習俗更為嚴格。

不過結婚生子，繁衍子孫，就能使惡魔遠離，因此性行為受到讚揚。在日本，遲遲無法懷孕的女人會去泡溫泉「子寶湯」（求子湯），男女的性器都被認為具有驅逐惡魔的力量，成為祭典的象徵等等，這與祆教所推崇的理念及根本思想不謀而合。

江戶時代的「捨人場」

神祕看板

日本除了沖繩一帶以外，檀家制度普及，因此墓地多半就設在寺院周圍。尤其都市地區的墓地皆是如此。

愈往郊區或鄉下走，墓地便逐漸離開寺院，出現純粹只有墓地的空間，像是偌大的公園墓地，或利用日照良好的山坡地興建、宛如「出售公寓」般的「出售墓地」。前往鄉下地方的電車裡，經常可以遠遠看見這類廣大的墓地。

來到更鄉下的山路，有時可以在路邊或田中央看到至多十來座墓碑的小塊墓地，完全就是「一族或一村的墓地」的景象。即使去到極偏遠的鄉間，還是可以看到這類小規模的墓地。

有時深夜開車行駛在鄉間道路，轉彎時車頭燈會突然在路邊這類小墓地的大理石上反射回來，把人嚇一大跳。

我常去福島縣的奧會津，有些地區人口嚴重流失，儘管是村落，卻完全看不到人影。一問之下才知道只住了幾個老人，該村的人說這樣下去，在集體遷村之前，可能住在村裡的老人會先死光。

這種地方太多了。村裡散布著好幾戶無人居住、幾乎半毀的房屋，景色淒涼，卻只有聚落的墓地堅毅地留在原地。伴隨著高齡化，日本鄉間愈來愈多村子遷村或廢村，使得這樣的景色增加了。

「這裡再過個十年，就沒有半個人了。剩下來的只有公所和墓地。」

這些地方的老人家這麼說。

由於許多緣故，約莫二十年前，我便每年都會前往奧會津的村落一兩回，因此親身體認到鄉間的高齡化真的很嚴重，無人的房屋愈來愈多。三更半夜走在廢村的馬路上，那種蕭條冷清，有時真教人毛骨悚然。

某年晚秋，我一個人開著小貨卡，從新潟沿著只見川開在前往奧會津的山路上。當時正好遇上暴風雨，我在風雨交加的夜晚，開車行駛於漆黑的馬路上。深山的道路冷清極了，如果沒有汽車導航，真的會擔心是否開錯了路。

有時會看見疑似深山聚落的房屋影子，但似乎全是廢村，不見任何燈火。

我在激烈的風雨中專注地駕駛。路邊的墓碑不時銳利地將車頭燈反射回來，一連好幾次。再也沒有比暴風雨中連續發亮的墓碑更教人覺得詭異的了。

我忍不住握緊了方向盤。路邊就是排水溝，萬一過彎時不慎掉進去，那可就叫天天不應、叫地地不靈了。而且上山以後，手機早就收不到訊號。我小心翼翼，但又出於害怕而焦急地開著車，忽然迎面出現了一塊大看板，我在濃密的樹林枝椏間看見上面寫的幾個字：

「充滿自殺」。

「媽啊！」我嚇壞了。是因為有許多人離開村子，留在山村裡的人耐不住孤獨，導致愈來愈多人自殺嗎？或者就像富士山山腳的森林地區，這一帶是自古以來的自殺勝地？

我繼續開了一百公尺，忽然又心生疑惑：怎麼會放這種看板呢？

聽說富士山山腳的樹海為那些前來尋短的人設置了許多看板，呼籲「不要衝動，只要活著就有希望」、「人生不能重來，再好好想一想」，如果是這類內容，就可以理解。可是寫什麼「充滿自殺」，到底有什麼幫助？

我覺得這個疑問不解開，會如鯁在喉，因此我特地倒車，回到剛才車燈照亮看板的地方。這條暴風雨中的山路上，不管是對向車道還是後方，從剛才開始就不見半輛汽車。

我停下車子仔細查看看板後，頓時渾身脫力。

因為看板上寫的是：「充滿自然」。

一定是因為我一邊開車，一邊想著「這條路真討厭」、「有夠陰森」，才會把「自然」看成了「自殺」。沒膽成這樣，真是丟死人了。不過同時我又萌生出單純的疑問來。

也就是放眼四下，這裡就在大自然當中，卻刻意擺上一塊大大地寫著「充滿自然」的看板，到底是什麼用意？

「你才最不自然咧！」

我對著這塊神祕看板罵道。

日本人最喜歡在路邊設置各種交通看板，這應該可以名列「神祕搞笑看板」之一。不過我又想了，再過個三十年，日本人口流失地區的道路，由於大理石墓碑絕對不可能回歸大地，因此會頑強地繼續散布在路邊，變得到處都是「墓場街道」。在現階段，它們是無法融入山中的「不自然」的「異物」，但是在現實中，這一座又一座不動如山地留存在山中綠意的墓地，或許終將成為日本「自然」的風景。也就是「自然」的意義出現了逆轉。

這讓我忍不住思考逐漸只剩下墓地的「日本未來的自然景觀」。這樣的現實，實在教人憂鬱。

德川家康的水庫

墓地的數量與死人等比例增加——照這樣一想，就會擔心起往後日本的墓地到底會變得如何？

日本全國每天平均有三千三百人死去（二〇一〇年），等於每天都有這麼多的遺骨被埋葬。如此一想，便能發現一開始提到的日本獨特的唐櫃式墳墓結構其實是個非常合理的制度，能效率十足地容納逐漸高齡化的這個國家數量龐大的遺骨。

唐櫃式墳墓，是墓碑底下有收納骨灰罈的空間，從該族的祖先遺骨開始依序存放骨灰。雖然有些不敬，不過簡單地來想，就類似於家族死後居住的公寓，在地價昂貴（當然出售的墓地也很昂貴）的東京，或許是一種理想的墓地形態。日本從相當早的階段便禁止「土葬」，這個政策應該也發揮了不小的功效。

不過這樣的制度是較為近代才出現的，以前稱為「江戶」的東京，總人口雖然沒有現在多，但死亡率應該更高，所以每天肯定都有數量驚人的死者被埋葬。

如果家族有菩提寺，是該寺的檀家（信徒），就算是土葬，當時的死者應該也會以某種形式安放在墓碑底下（即使是兩墓制也一樣），可以體面而平順地解決喪葬問題。

在相當久以前，我對自己的死亡還沒有半點想法，出於興趣，讀了鈴木理生的《江戶街道遍地屍骨》，對我的思考產生了相當大的刺激。

這本書在許多方面揭露了「古老又新鮮的江戶文化」的背面。特別是第三章〈江戶的寺院〉，淺白地說明了江戶＝東京的墓地狀況，讀來驚心動魄。

事情要從江戶城說起。

十六世紀末，德川家康在豐臣秀吉的命令下，搬進太田道灌興建的江戶城。德川家康底下有八千名士兵。必須供應這些自外地遷入江戶的士兵的食衣住。食衣姑且不論，首先最大的問題是：飲水要從哪裡來？

當時的江戶城周圍被淺海和小河、濕地所圍繞，像現在的日比谷一帶，當時是格外廣大的一片海灣。

江戶城的背後有一處細長的小河谷叫局澤，家康決定在局澤的兩處（千鳥淵及牛淵＝現在的九段下）興建水庫，用這些飲水來供應士兵。

但局澤這裡有十六座寺院，這些寺院全都會沉入水庫底下，因此要全數強制遷移到別處。不過這時的遷寺，遷移的只有寺院本身，那裡的墓碑和人骨就這樣留在了原地。

十六座寺院的土地底下究竟埋有多少人骨？似乎沒有留下記錄，但日本向來是永世祭祀，因此數量肯定相當驚人。就在這樣的地方，做為「飲水」的河水不斷地灌進來。仔細想想，真是太可怕了。

此外，在當時的江戶，無法住人或種田的大小河川河口台地，以及沼澤窪地等等，是窮人或居無定所者的「棄屍場」。

東京有許多地方地名裡面帶有「谷」字，這些地方很有可能在過去便是「捨人場」。還有，江戶時代的沿海小規模填海造陸工程中，使用的似乎是攙雜了不少人骨的泥土。不，更正確地說，人骨就是當時用來填海的地基。

據說「捨人場」有大批烏鴉和野狗群聚，處理遺體。等於是日本式的鳥葬。這不只是江戶的習俗，京都和大阪等大都市都一樣。

書上說，全國的地名中有「烏」或「鳥」字的地方，有可能以前就是這樣的場所。京都有個地方叫「烏丸」，全國有七個叫「鳥喰」（讀音為 torihami 或 toribami）的地方。另外，江戶的局澤有個地名叫樹木谷（現在的千代田區二番町附近），這裡是處刑後的屍體、病死者的棄屍處，因此屍骨累累，以前叫作「地獄谷」。但這種陰森又淒慘的地名受人忌諱，後來便改名叫「樹木谷」。

京都的六波羅是六塊平原相連的「六原」[12]，但據說過去是滿地骷髏頭氾濫的「髑髏原」。

有一則落語[13]「曝野屍」，情節是有一名隱居老爺在大川（墨田川）冷清的河邊釣魚，發現一具曝屍荒野的人骨，心想起碼為它回向一番，便以隨身攜帶的葫蘆中的酒祭拜。結果當晚一名年輕姑娘前來拜訪。原來那具曝屍荒野的人骨屬於一名姑娘，她是來報答祭拜之恩的。住在長屋[14]隔壁的滑頭小子見了，便也跑去尋找曝屍荒野的年輕女屍。

據說那個時代的江戶，隨處都可以看到路斃者，所以這僅是反映當時世相的一個例子吧。

屍橫遍野

正如同俗話說的「火災與鬥毆，是江戶最有看頭的兩件事」，江戶時代火災是家常便飯，落語也常有以此為題材的故事。每到冬季，幾乎天天都有火警傳出，有時還會釀成大火，將大片土地燒成焦黑。

本章大量參考的《江戶街道遍地屍骨》一書指出，這些接連不斷的大火，應該也是造成「江戶遍地屍骨」的主要原因。

12「六波羅」與「六原」在日文中同音（rokuhara），漢字有時會互用。
13落語是日本傳統說話藝術，內容以滑稽為主，類似中國的單口相聲。
14長屋為數間平房連成一長棟的住家形式，在江戶時代多出租給中下階層。

比方說，明曆三年（一六五七）一月發生的火災，連續燒了兩天，從大名[15]宅第到町人[16]居住的市區皆付之一炬，葬身火窟的人數竟多達十萬二千一百多人，數字駭人。幕府挖了個大洞掩埋這些死者，記錄中是「十萬七千四十人」。

此外，享保元年（一七一六）江戶爆發傳染病，死者超過八萬人。安永二年（一七七三）也有傳染病蔓延，死者多達「十九萬人」。安政五年（一八五八）霍亂肆虐，一個多月之間，死了「二十三萬八千八百三十二人」。而三年前還發生了安政大地震。這是自從東日本大地震以後，世人便一直嚴加戒備的東京直下型地震的前例。

就像這樣，光是江戶時代便死者無數，進入昭和以後，又在「東京大空襲」裡化成了一片焦土，出現大量死者。這些人以各種方式被埋葬，不過從江戶時代以來的經緯研判，土葬、火葬、水葬混雜，真正是一段又一段「江戶、東京街道底下屍骨遍地」的歷史。

戰後東京在復興當中急速地都市化，到處都因為蓋大樓或興建地下鐵等各種基礎建設而大興土木，結果便有相當高的機率會挖到人骨。

知道以前是寺院或墓地的地方，主要用來做為公民會館或學校等公共設施。有段時期「學校怪談」、「都市傳說」蔚為風潮，但只要調查該地的歷史，似乎有不少地方存在著「因果報應＝怨念」的過去歷史，令人無法將這些傳聞全部斥為無稽之談。

愈是大都市，與人口成正比，墓地也愈來愈擁擠。這狹小的日本照這樣下去，都市地區可能也會出現像本章開頭說的鄉間的墓地永久留存的問題。但也不可能學德川家康那樣，立法下令把江戶城周圍的寺院全部遷走。

巴黎的地下墓穴的做法（清理墓地，將年代久遠的人骨拋棄到地底下的洞穴）應該也無法模仿。隨著人骨愈來愈多，或許東京將會形成舉世罕見的景觀：大都會中心保留許多墓地，而且還不斷地增殖擴大。

15 大名為江戶時代直屬於幕府，俸祿一萬石以上的武士。

16 町人指日本近世居住於都市地區的商人及工人。

骨佛

《私家版關西世界遺產》（朝日新聞社）這本書中，作者宮田珠己提到的「骨佛」引起我的注意。據說大阪通天閣附近的淨土宗「一心寺」裡，供奉著以人骨做成的阿彌陀佛像。

這間寺院即使宗派不同、不是檀家，一樣可以參拜和納骨，一般寺院一年進行一次的施惡鬼法會，這裡一整年都可以進行，因此納骨到這家寺院的人愈來愈多。為了精簡地收納這些大量的人骨，寺方以手工將納骨的遺骨磨成細粉，放入鑄型裡，製成一座完全由人骨為材料的阿彌陀佛像。約等身大的人骨阿彌陀佛像，每一座由十三萬至二十萬人的遺骨製成，戰前共做了六尊，最早的一尊在明治二十年（一八八七）完成。戰爭時期的空襲裡，這六座阿彌陀佛像全被燒燬，但戰後又做了六尊，二〇〇七年為第七尊（合計第十三尊）進行開光儀式。據說這第七尊阿彌陀佛像由十六萬三千人的遺骨所製成。當時我得知這件事以後，在週刊雜誌的散文專欄上介紹，結果收到一名大阪年輕小姐的來信，說她的父親也在那尊新的骨佛裡。

信上說，比起參拜只是一個象徵的墓碑，看到眼前的阿彌陀佛像，想到裡頭有自己父親的遺骨，內心便充滿了崇敬之意，無比祥和。

這讓我覺得，這種「骨佛」的觀點與做法，或許為日本這個小國未來的埋葬方式，揭示了另一種別具意義的「形態」。

我親身經歷的騷靈現象

大批游來游去的東西

靈感應——顧名思義，似乎是指人「感應」到「靈」方面的事物而產生的「感覺」或「現象」。

在對話中是以「強弱」來形容，比方說：

「我靈感應很強，所以常看到那類東西。」

「我靈感應很弱，所以完全沒感覺。」

有些人會特別主張自己靈感應很強，這種人有時被稱為「靈能者」，會把這種特殊「能力」與占卜運勢等賺錢手法結合在一起。信者恆信，對「靈能者」便言聽計從；不信的人則打從一開始就沒興趣，根本不會跟他們扯上關係。這是個全無實證的世界，因此「靈能者」愛怎麼說都成。過於相信，導致身家財產全被「靈能者」詐騙一空的事件，也層出不窮。

以前我看過這類「靈能者」登場的電視節目。外景人員來到似乎有些來歷的建築物，有負責裝膽小、一開始就嚇得裹足不前的藝人同行，聲音顫抖地問：「這裡有什麼嗎？」

「有，一大堆游來游去。」

「靈能者」如此回應。

裝膽小的藝人聞言，尖叫連連。這種節目真的幼稚到家，什麼「游來游去」，又不是蝌蚪，拜託那「靈能者」也想點更像話一點的形容詞好嗎？

這「游來游去」的東西只有「靈能者」看得到，想怎麼說就怎麼說，這錢實在很好賺。

畫面上也不會為觀眾拍出那些「游來游去」的東西。這樣就能完成一集節目，製作單位也樂得輕鬆。同時也可以看出，只需要像這樣胡說一通，「靈能者」就可以做起通靈生意，這已經不只是幼稚，而是有些危險了。

世上有所謂的靈異景點，剛才的電視節目，也是進入這些靈異景點的建築物之一拍攝的。

這類地點似乎遍及全國各地，以前我從盛岡前往遠野的路上，也在山腳下看到一座疑似大型建築物殘骸的東西。

開車的當地人說，這屋子在很久以前是一家旅館，從江戶時代就有了，所以應該稱為客棧才對。現在屋頂崩塌，建築物各處正逐漸與樹木和大地融為一體。

由於查不到地主是誰，政府好幾次想要拆除，但每次動工，總是會有好幾個包商人員猝死，或是意外受傷，因此遲遲未能鏟平。政府換了包商，再次進行拆除，結果從地下挖出好幾具屍骨，以及大量沒有名字的牌位。後來承包拆除工程的第二家包商也同樣災禍連連，撒手不做了。

之後多次有電視台前來採訪，但每一次攝影師等節目人員都遭受到奇妙的阻礙，怎麼樣就是無法進屋。

從此以後，再也沒有人敢動這個地方，也無法清理，只能任其腐朽，不過一些鄉土史家推測，這家客棧有可能是看到稍微有錢的旅客投宿，就會在夜裡殺人劫財，將屍體埋在地板下。

類似的建築物殘骸，青森的淺蟲溫泉街郊外也有一處，同樣只要動手拆除、整地，就會遭到作祟，因此被擱置不管。

實際看到這兩處地方，我想到的是，整個日本是不是到處都有類似這種背景的房屋？還有，如果自稱「靈能者」的人獨自進入這類「有來歷」的場所，會發生什麼事？我對此非常感興趣。會像恐怖電影常見的情節那樣，演變成「靈媒VS.鬼怪大對決」嗎？

前面介紹的鈴木理生的《江戶街道遍地屍骨》中，提到東京港區一家都立工業高中發生的怪事。這所學校的操場角落的單槓區總是受傷頻傳，因此校方找人來「看看」，結果挖開單槓柱子往底下一看，在一公尺深的地方找到了一塊青石。青石厚五公分、寬四十五公分、長一百二十公分，是鋪滿了這類青石的寬闊區域的其中一小部分。挪開這些石板一看，竟挖出約一人環抱的大甕，裡面裝滿了水，以及塗了

「齒黑」[17]的骸骨。那片廣大的區域挖掘出許多這樣的甕。

後來調查那個地區的古地圖，發現整座學校原本是寺院的土地。馬路也有類似的例子，一些路段不停地發生原因和規模相仿的交通事故，調查之後，很多都像前面說的「學校的怪談」那樣，有著某些類似的「來歷」。

如果聽見吶喊

某個地方在遙遠的過去經歷過駭人聽聞的事件，發生種種無法解釋的「災禍」，因此成為忌諱的禁區，這樣的例子世界各地都有。

以前我曾經連續三天前往波蘭的奧斯威辛參觀，已經成為觀光勝地的這處集中營，有部分仍保留著當時的原貌，整體充塞著獨特的沉重氣息。我懷著莫名冷靜的情緒，看著混凝土上用指甲刻下的名字或疑似詛咒的字句，或是進入毒氣室。當時是與眾多的觀光客一起參觀，但如果是獨自一人更仔細地觀看，或許能夠感受到更不同的強烈靈魂的吶喊。

柬埔寨的吐斯廉集中營也是如此，走在這些地方我會想，那些「靈能者」站在這種地方，應該可以憑藉他們的感應力，比常人更強烈地感覺到「什麼」才對，我想知道他們的反應。

我聽說柬埔寨人也有柬埔寨式的「靈能者」，想要見個面聊聊，但我在這個國家旅行期間遇到的柬埔寨人，幾乎都有親人遭到赤柬領導人波布的屠殺，他們的父母或兄弟姊妹就是犧牲者，整個世代仍處在精神層面的混亂之中，就我的感覺來看，還不到能談論什麼「對殺戮的憤怒」、「怨念」的時候，實在不是「靈能者」能說三道四的階段。

也就是他們在精神上沒有餘裕能像日本人那樣跑去可疑的靈異景點，說什麼「有一堆東西游來游去」。反過來說，能說什麼「有一堆東西游來游去」的日本人，心

17日本古代流傳的一種化妝法，以鐵漿將牙齒塗黑，視為美觀。

理上有著這種「娛樂的餘裕」，處境倒是十分優哉游哉。

森林裡的鬼城

我一直計較「靈能者」，不過其實我在這方面的感應力非常遲鈍，應該遠遜於一般人，也很少感受到特別強烈的「某些力量」，不過還是有過幾次難以解釋的體驗。

我從年輕的時候便旅行世界各國，在各種地方過夜。其中一些「地方」讓我經歷了科學無法解釋的體驗。當中有不少情形可以用「酒醉造成的幻覺」或「純粹做噩夢」一語帶過，但也有些「莫名其妙的現象」，連感應遲鈍如我的人，都無法不強烈地有所反應。

有一次的怪事，發生在蘇格蘭西部的赫布里底群島（Hebrides）中的艾拉島（Islay）上。這一帶的島嶼大都經歷過多次爭奪領土的戰爭，充滿了維京人窮凶極惡的侵略帶來的「黑暗」歷史。我們在前往某座村莊的路上，看見深邃的森林裡有一座荒廢的古城。

那是一座小城，沒有城牆，大約只有三、四樓的高度，已經傾頹了一半，外觀十分殘破。不過這座城就像開頭提到的日本無法踏入的「不祥」禁區一樣，就連好奇心旺盛又「遲鈍」的我，也完全不想靠近。我想遠遠地給它拍張照片就好，便拿出心愛的相機（徠卡M6），準備按下快門，沒想到不管怎麼按，就是按不下去。也就是沒辦法對著它拍照。

由於之前完全沒遇過這樣的情形，我慌了手腳。接下來還有重要的採訪工作，萬一相機壞掉就完蛋了。而且這台相機從來不曾無緣無故地故障，徠卡相機向來應該是既單純又耐用才對。

我憂心忡忡地離開了那座城。一陣子以後，快門恢復正常，又可以自由操作了。當時奇妙的「卡住」，一直令我耿耿於懷。

我們很快便抵達要採訪的人家，打聽了那座古城的事。

對方說，那是島上知名的鬼城，夜晚去到那裡，就一定會撞鬼。而且可怕的是，只要看到那裡的鬼，就一定會喪命。我也得知了古城的鬼魂究竟懷有什麼樣的冤屈，不過情節太長，這裡還是割愛好了。

告訴我這件事的費歐娜（Fiona Middleton）女士從事海豹保育運動，住家內外飼養了許多動物，有牛、羊、狗、貓、火雞、鴨、生病的海豹等等。費歐娜女士前往距離住家坐小船約十分鐘遠的礁岩地帶拉奏小提琴，住在礁岩的上百頭海豹便會從海裡探出頭來圍住她，搖頭擺腦，就好像在欣賞小提琴演奏會。這個景象令人莞爾又不可思議，幸好剛才突然故障的相機這時又恢復了正常。這位海豹女王般的費歐娜女士來自英格蘭的「席爾村」，Seal 也就是海豹。這真是一趟既可愛又奇異的島嶼之旅。

令人不解的體驗

另一個體驗則有些驚心動魄。地點是俄羅斯的下諾夫哥羅德（Nizhny

Novgorod）。此地有許多寺院，相當於日本的奈良。當時是冬天。冬季的俄羅斯，那一帶的氣溫連日都在零下四十度。一直到了十一點，太陽才好不容易爬到遠方的樹林上，接著就在同樣的高度旋轉似地移動，才下午兩點就軟綿綿地落下去了。

我們一行人在嚴寒的西伯利亞進行兩個月的採訪旅行，抵達下諾夫哥羅德時，大家都有些凍傷了，疲憊不堪。

我們在晚間九點左右抵達旅館。俄羅斯的老旅館從大廳就一片陰暗，甚至令人懷疑是不是停電了。我們懇求已經打烊的小餐廳再開一會兒，喝下只能算是微溫的湯，將冷冰冰的麵包沖進肚子裡，然後步履蹣跚地分頭前往各自的房間。

事情發生在半夜。住我隔壁房的人，在凌晨兩點左右突然發起瘋來。那聲響非比尋常，是將桌椅在整個房間亂丟亂摔這種抓狂法，而且還用類似鐵棒的東西激烈敲打我睡覺的床鋪旁邊的牆壁。

那狂亂的聲響完全就像是發瘋了。我正想去抗議，忽然想起與我們同行的KGB（國家安全委員會）人員維里科夫的再三叮嚀……

「俄國有很多酒鬼，他們一旦喝醉，就會變成野獸。如果遇上這樣的人糾纏，不要想一個人應付，一定要叫我，否則後果我無法負責。」

也就是說，如果我一個人去向隔壁的抓狂男抗議，有可能門一開，一根鐵棒就會把我敲得腦袋開花，最糟糕的情況，甚至有可能吃上一記子彈。

因此我只好忍氣吞聲。隔壁好像不只一個人，雖然沒有人聲，但他們彼此較勁似地拿各種東西滿房間亂摔。

儘管我身心俱疲，卻實在無法入睡。剛好我有支冰錐，便拿它惡狠狠地敲打與隔壁相連的牆壁。雖然會把牆壁敲出洞來，但我實在忍無可忍了。

我是在表示：你們隔壁還有人在睡覺，安靜一點！結果彷彿呼應我的行動似地，隔壁更激烈地扔起各種東西來了。他們用疑似鐵棒的東西猛擊牆壁各處，就像要回敬我剛才的敲打。沒錯，如果我去隔壁抗議，真的非常有可能吃上那一記鐵棒。

我考慮打電話去維里科夫的房間，但仔細想想，這天實在太累了，隨員似乎忘了發給我們向來都有的採訪小組房間分配表。

我爬起來，認命地喝起伏特加，打開書本，但乒乒乓乓的聲音吵得我無法專心。不過話說回來，這些人的體力實在充沛得可怕。

我喝著伏特加，強迫自己看書，終於隔壁的吵鬧聲愈來愈遙遠，我似乎在疲勞的催化下睡著了。接著我迎接了一個不舒服到了極點的難受早晨。說是早晨，外頭仍是一片漆黑。徹底的睡眠不足加上伏特加喝太多，感覺真的爛透了。

緊湊的旅行分秒都不能拖延。已經是用早餐的時間了。不過說是早餐，也只有稀得要命的果汁、黑麵包和果醬而已。

前往餐廳前，我想確定一下鬧了整晚的那夥人住的房號，然而才剛走到隔壁，我的腦袋霎時變得一片空白。

隔壁根本沒有房間。

我的房間就緊鄰漆黑的階梯間，而且昨晚我就是爬上這座樓梯進入自己的房間的，但那時實在累壞了，完全忘了這回事。那麼，昨晚的吵鬧聲究竟是怎麼回事？是我的妄想嗎？但如果真的是妄想，吵成那樣、又持續那麼久，豈不代表我的精神出毛病了？我急忙跑回房間，檢查昨晚盛怒之下拿冰錐敲打的牆壁。確實有我敲出來的洞。如果那也是妄想，或許我沒辦法再繼續這趟旅行了。

我身心俱疲地收拾行李，前往餐廳，一看到晚來的維里科夫，立刻把昨晚的事告訴他。結果維里科夫握住我的手說：

「恭喜你！那是如假包換的騷靈現象。這個城鎮以各種靈異現象聞名，尤其是騷靈現象，特別受歡迎，甚至有人為了體驗它，故意挑選老旅館下榻呢。」

教人氣憤的是，維里科夫的臉上甚至露出燦爛的笑容。

不過我可不想聽到什麼「恭喜」。我唯一能有的反應是：「什麼跟什麼？」

但是就算聽到這件事，我也奇妙地不感到害怕。既然都叫「騷靈現象＝Poltergeist」了，即使得知真相，也不是什麼會讓人嚇得腿軟的可怕現象。

我認為那個地方確實「有什麼」。世上還有許多憑人類目前的科學水準仍無法明確說明的現象。

我覺得世上理應有許多與人類等生物的「死亡」有關的這類「無法解釋、闡明」

的事。黛博拉・布魯姆（Deborah Blum）的《追鬼人——看頂尖科學家解構靈異現象》（*Ghost Hunters: William James and the Search for Scientific Proof of Life After Death*）一書裡，包括諾貝爾獎得獎人所組成的科學家團體，以科學方式一一分析世上各種怪異現象，揭穿了許多假靈媒，卻唯有一起怪異現象，怎麼樣都無法解釋。世上存在著就連世界首屈一指的該領域科學家都無法解釋的「某些現象」，反過來說，這也證明了幽靈的確是存在的。

相較於年輕時，死亡機率減少了

死亡的預感、把你救出生天的人

就像前面提到的，對於自己的死，我第一次意識到「對耶，總有一天我也會死」，是因為精神科醫師中澤先生的一句話，不過會以此為主題，從各種角度思考死亡，寫成一本書，則是由於責編的鼓勵。

這位編輯與我是老交情了，很瞭解我的行動及相關的「思考」基本模式，他直截了當地陳述感想說：

「我猜椎名先生搞不好連一次都沒有嚴肅思考過自己的死亡。」

他說了跟精神科醫師一樣的話。仔細想想，我的親朋好友、同好及工作上密切往來的人，從年長的到同齡的，以及晚輩，都已經走了不少。熟悉的人離世成為日常，在包括年齡的各種條件上，我確實也開始步入「什麼時候死掉都不奇怪」的階段。即使如此，就像這位編輯說的，我還沒有嚴肅思考過「總有一天自己會死」的事實。雖然我不傻，但確實是個接近傻子的「樂天傢伙」。

這樣未免太少根筋了，所以接下來我想要坦率地寫下我是如何看待自己的死亡的。

總有一天我也一定會死。我清楚這個事實，從年輕的時候就知道了。我既沒有服下長生不死的仙藥，也並非不死之身，更沒有偷藏什麼具有神祕魔法力量的壺還是掛軸。

我有可能因為意想不到的個人意外，明天就撒手人寰。這種可能性如影隨形──我總是在腦中一隅謹記著這個事實（我自認為啦）。特別是下雨的深夜，開車趕往某處的時候，我總是強烈地感受著這樣的風險。

不過重點是接下來。我怎麼樣就是覺得照這樣下去，相較於年輕時候，所謂的「意外死亡」突然把我從這個世上輕易帶走的機率，已經減少了許多。也許會有人覺得「你說反了吧」，請先耐著性子讓我說完。

話說回來，這樣寫應該會有人生氣：「胡說些什麼東西！」許多人一定會說，或許你覺得「意外的死」與你無關，但搞不好某天早上腦血管會突然破裂，早上遲遲不見人醒來，結果已經在床上一命嗚呼了；或是走在路上，突然掉下一塊五噸重的水泥塊，雖然千鈞一髮躲過一劫，正鬆了一口氣，馬路卻在下一秒塌陷，結果還是摔死了；或是飛機失速、開車墜崖等等，世上有太多會讓人意想不到突然喪命的原因了，所以你也不曉得什麼時候會死。搞不好下星期就會撒手人寰，也可能明天下午就斷氣。

不過這是機率問題，我認為只要普通正常地過日子，由於無法想像的理由而突然喪命的狀況實在難得發生，更別說突然原因不明地翹辮子這種事，是絕對不可能的。也就是說，即使隱隱約約，正常的「死亡」總是有「預兆」、「預感」、「前兆」的，比方說如果是健康出問題，身體方面就必定會以某些形式出現不太妙的感覺，讓人預先察覺。

前面也說過，人是潛力尚未完全開發的生物，因此還有許多未能徹底闡明的「無法解釋的現象」。人這種生物擁有還未能百分之百運用的巨大頭腦，我認為所有的人都有可能在瀕死之際遭遇到大腦潛能大爆發所發揮的強大未知能力。《要不要相信第三者：尋找會救活你的影子天使》（*The Third Man Factor*）（作者約翰・蓋格〔John Grigsby Geiger〕）等著作，就提到這部分不為人知的次元之謎。此書中所謂的「第三者」（The Third Man），指的是在暴風雪的絕望高山，或隨時都會翻覆的船上，記憶猶新的則有紐約世貿大樓那慘絕人寰的地獄當中，出現在面臨生死關頭的人們面前的「某人」。有時這「某人」會引領遇難者，帶他們逃出生天。身在極限狀態的高山上，生死交關的登山家被「另一個人」所拯救的例子多不勝數，這些也似乎都是登山界知名的例子。

有人推測這似乎是遇難者自己的大腦創造出來的「另一個人」，研究這種現象的美國心理學家傑恩斯（Julian Jaynes）將它解釋為「幻覺上的玩伴」。

漂流記當中，也常出現這種類似「第三者現象」的例子。一九九一年，遊艇「老鷹號」翻覆，唯一搭上救生艇倖存的青年，在獲救的幾天前，體驗到整個救生艇被高高地抬起到一百公尺的半空中，聽見響亮的貝多芬《第九號交響曲》等鮮活生動的「幻覺」。另外，《怒海餘生》（*Survive the Savage Sea*）（作者杜格爾・羅伯森〔Dougal Robertson〕）中，一家六口坐在救生艇上漂流時，也目擊到有第七個人坐在船上。知名的南極探險船「堅忍號」（Endurance）的沙克爾頓爵士（Sir Ernest Shackleton）也和兩名船員在越過南喬治亞島的高山與冰河時，目擊了第四個人，但沒有人積極地與那個人交談。因為他們認為那第四個人是「神」。

想想腦細胞

話題再回到與我自己的「死」有關的方向。我沒有需要治療的生活習慣病或長年來的宿疾。我天天喝酒（啤酒、日本酒、紅酒、威士忌等等）。而且雖然每天喝的量多寡不一，卻都達到一般人所說的「還好」到「很多」的量，在這部分完全沒有自制力，拖拖拉拉地成了每天的惡習。

把每天喝酒對肉體造成的持續性傷害，與每天晚飯後小酌所帶來的精神性愉悅放在天平上衡量，就我的情況，應該是後者壓倒性地勝出。

我熱愛工作。現在每個月平均有二十個截稿。我在三本週刊有連載，所以基本的截稿次數就很多。不過也有已經結束的連載，一年前每個月有多達二十五個截稿，所以現在輕鬆多了。我都在一早開始寫稿。約二十五年前開始，我就成了晨型人，在這之前是夜貓子。不過有一次——對，我想起來了，那一次我和划艇手野田知佑一起乘坐划艇順河而下，露營過夜，邊吃晚飯邊小酌後，在帳篷旁邊藉著煤油燈的火光寫稿，野田說：「你都喝了酒，居然還能寫稿？」我本來以為他要稱讚我文才高超，即使喝酒也能照寫不誤，結果我錯了。野田接著說道：

「人的腦細胞是封閉型的，換句話說，到了一定的年齡（八成是成年以後），腦細胞即使受損，也不會長出新的來補充，只會不斷地流失。我們只能用逐漸減少的腦細胞來度過往後的餘生。不光是腦細胞，身體的細胞也一樣會日漸衰弱，以每天、每年、每十年的單位凋萎。所以以一天為單位來想的話，雖然細胞有限，但只要晚上好好睡上一覺，白天便可以稍微優化一些。比起過完一天，深夜累得渾身無力的狀態，用充分得到營養和休息的早晨的腦細胞來思考，應該會比喝過酒糜爛的深夜更來得有效率。」

這番話極富說服力。

也許野田只是想表達：「別窩在那種地方一個人裝認真寫什麼稿，過來咱們這裡的營火，繼續痛快地大喝一場吧！」不過這番話給了我相當深的印象，說服了我。

從此以後，我不再晚上喝酒之後才寫稿，而改為早起工作，並一直持續至今。

結果到了晚上，我已經完成當天該做的工作，可以盡情喝酒，享受閒暇。雖然這也讓我更心安理得地「每天一定要來上一杯」……

每天與地板的抗戰

每天持續做簡單的運動，或許也是我目前身體還算健康的原因。我從學生時代就在練格鬥技，當時每天練習前的熱身操和肌力訓練成了習慣，現在我完全是憨直地每天做個十五分鐘左右，不過內容非常簡單。

首先做印度深蹲（Hindu squat）三百下，然後仰臥起坐兩百下，伏地挺身一百下，背肌訓練（仰背）二十下。好整以暇地做，整套運動也只要十五分鐘。覺得還不過癮的時候，就再多做一套，三十分鐘。夏季做完這套運動，一定會滿身大汗。做完後泡澡或沖澡，接著就是放鬆時間。我都在自家木板地上做，所以我將它稱為「每天與地板的抗戰」。

結果我的體型和體重與高中的時候幾乎一樣（雖然也有點懷疑只是因為這個原因嗎）。繼柔道之後，我也練了拳擊，所以知道如何調整體重，或許與此也有關係。

體型維持不變有一項好處，就是衣服可以一直穿下去。我到現在依然只穿牛仔褲，十五年前我拍過一支牛仔褲廣告，那個時候廠商送了我一堆牛仔褲，當然是我的尺寸，而且基本上牛仔褲是工作褲，相當耐穿，大概有十件左右，就一直穿到現在。還有一次，我為PAPAS這家服飾品牌擔任型錄模特兒，當時收到很多衣服，所以都不用買。唯一只有襯衫類，我都買美國某家通販公司出的超級廉價襯衫，舊了就丟掉再買，大概穿了二十年。因此在服飾方面，我幾乎是零支出，沒有購買服飾的壓力。換句話說，這每天十五分鐘的「與地板的抗戰」，對於我的健康維持、服飾經濟以及精神穩定，應該有著莫大的貢獻。

但這也帶來了間接的副作用（雖然不知道是好是壞）。由於我不管去到哪裡，都是一條舊牛仔褲，搭配款式落伍的外套或大衣，加上原本膚色就黑、塊頭大、頭髮自然鬈，如果在奇怪的時間（清晨或深夜）帶著行囊席地坐在車站或機場地板，常會被誤認為遊民，遭到驅趕。

不過即使受到這類意想不到的「迫害」，由於我選擇的職業沒有日常性的壓力，讓我能夠掌控自己的身體與精神。我想這應該奠定了我現在積極面對生活的心態基礎。

危險的青年時期

以上是我個人覺得自己的生活中「好的部分」，接下來就要談談壞的部分了。

長期以來，有兩個毛病一直深深困擾著我：「高血壓」及「失眠」。高血壓是我還在上班的二、三十歲左右，在公司與附近的診所合作的健康檢查中第一次檢查出問題。

因為才二十多歲，所以是「青年性高血壓」。數值忘記了。當時我心想高血壓又怎樣？真的是「青年性無腦反應」，精神年齡很幼稚，總之完全沒放在心上。因為年輕，所以不明白高血壓會在往後造成多嚴重的生命危險。

另一個「青年性無腦行為」，就是我是個重度癮君子，簡單地說即是「尼古丁中毒」。

上班族時代，工作的時候無可避免地就是會抽菸。那是個野蠻時代，不像現代社會充滿了歧視癮君子的氛圍。身邊的同事、上司，每一個都抽得很凶。我們公司在銀座，大樓很老舊，空調設備也很糟，冬季的時候窗戶緊閉，所以傍晚採訪結束回到公司時，整間辦公室的半空中就飄蕩著一層香菸的煙霧形成的「二手菸雲」，幾乎沒有能見度可言。當時我一天大概要抽掉三包 hi-lite 牌香菸。

早上刷牙的時候，總是伴隨著乾嘔。如今回想起來，像那樣二十幾歲就待在全是癮君子的職場，眾人齊心合力競相糟蹋身體健康，與我的高血壓絕對脫不了關係。此外，年輕的時候，我每天喝的都是比現在喝的更便宜的廉價酒，當水一樣灌，而且下酒菜愈鹹愈好。

香菸是在我快三十歲的時候，由於孩子出生，為了讓孩子健康長大，妻子頻頻抗議而戒掉了。那個時候我動不動就扁桃腺發炎生病，應該也和抽菸過度有關。如果我照那樣繼續抽下去，應該老早就因為心肌梗塞之類的上西天了。這是當然的因果報應。

那個時候的公司前輩、同輩和後輩，已經死了六個。那家公司只有大概三十名員工，所以死亡率高得驚人。其中四個比我還年輕，他們每一個都是癮君子。雖然不清楚因果關係，不過全是男人的那段「怎麼想都放縱過頭」的上班族時代，也是「健康環境」最惡劣的時代。

雖然不知道我的高血壓是否源自於這樣的日常生活，卻在我身上留下了血壓忽高忽低的後遺症。只是我透過某個方法與高血壓對抗，現在幾乎痊癒了。

另一個根深柢固、最令我煩惱的毛病就是「失眠」。

這是我開始寫東西以後才出現的毛病。為什麼會冒出這種病，我知道部分原因。我曾經當了十五年的上班族。那是一家全是臭男人、風氣粗暴的小公司，但同事之間相處愉快，工作也很適合我，我在那裡盡情地發揮所長，事實上也過得很快活。我提出新的月刊誌的創刊企畫，得到社長認可，把我的青春都奉獻給那份雜誌了。我成為第一代總編，有五名屬下，雜誌很成功，過沒多久，連公司的名字都換成了這份雜誌的名字。我在二十七歲當上董事，全力以赴。酒、吵架、女人、公司內賭博，我全都盡情享受過了。那真是一段美好的時光。不過就像前面提到的，那也是一段猛抽菸、狂灌廉價酒的日子。

三十四歲的時候，由於某個契機，我毅然決然轉職成為作家。離職的時候，曾是文藝青年的兩名五十多歲的上司，對我說了許多虛情假意的陰險話。這讓我發現，原來公司高層裡居然有這種不知顧全大局、甚至連祝福員工前程的度量和分寸都沒有的傢伙。

劇變的代價

那是一場教人氣惱的啟航。因為我離開那家公司時，我率領的部門人數雖然不多，卻為公司帶來了一半的純利。上司好像竄改帳目，模糊了這個事實。我的眼前就坐著兩個只知道在狹隘的世界裡汲汲營營的傢伙。

因此我出籠來到野外後，便瘋狂地在這個有如嶄新、巨大的汪洋般的世界（現在的世界）橫衝直撞，格局一口氣擴大到全世界。我就像機關槍一樣飛快地推出新書，不斷地增加工作，以各種形式在媒體曝光。三得利找我拍啤酒廣告，走在路上開始會有人叫我的名字。這讓我得知原來世人把拍過廣告的人都當成藝人看待。這是我的人生當中最風光的時期，不過同時也有類似跟蹤狂的人隨之而來，令人頗為困擾。我在不知不覺間踏入了一個可怕的世界。

這劇烈、偏激而且忙碌的環境劇變，帶來了劇藥般的效果，在某個時間點冷不防把我拖進了巨大的深淵裡。有道是「好景不長」啊。

以結果來說，我得了憂鬱症。

我還記得我注意到的第一個「徵兆」。

那天我人在都內大樓的房間裡。這是我租來當作工作室的八樓房間。這天早上，妻子出發去西藏旅行了。當時國際間的手機電話還不普遍，因此一早我送妻子去成田機場後，便打算接下來就住在那間大樓的工作室生活。

妻子的旅程相當狂野，要在平均高度四千公尺、極限高地的羌塘高原騎馬旅行約兩千公里，歷時約半年。騎馬旅行時，重要的是確保每天的糧秣和飲水，但是身在西藏的極限高地，這實在不是一件易事，因此她請以前在西藏各地旅行時支援她的茲安和達瓦協助這些事務。達瓦現在已經不在了。他是在本書的鳥葬中提到的妻子的好友。

由於是這樣一場嚴酷的旅程，大概有半年時間，妻子不會聯絡我，我也無法聯絡她。不過以前我也常做一樣的事，只是外出旅行和看家的角色互換罷了。

就在那個時候，我類似「精神骨架」的事物在不知不覺間急速地變得搖搖欲墜了。我對許多事物都變得無動於衷，晚上必須喝到爛醉，否則難以入睡。但這樣的醉法，一定會在三更半夜醒來。接下來便是怎麼樣都無法繼續入睡的痛苦掙扎。深夜時分，待在還不怎麼熟悉的都會大樓一室，我生平頭一遭被「孤獨」所侵襲。那是我從未想過、意料之外的情緒變化。

這應該是妻子的長期旅行所觸發的，但妻子的長期離開，我早有心理準備。只是這時我才瞭解到，雙方完全無法聯絡所帶來的隔絕與閉塞竟是如此強烈、超乎想像。

我也可以選擇回到室內外景色與生活環境都十分熟悉的武藏野的自家。不過，這件事我從未在任何地方提過，其實當時我們家隔壁搬來了一戶「莫名其妙的惡鄰」。

我在那個社區住了二十年以上，街坊之間相處都很和睦，但那戶人家搬來以後，第一件事就是重新測量房子與各鄰居之間的境界。真的很莫名其妙。接下來便是惡鄰慣有的招數：要求修剪超出籬笆的果樹和樹木枝葉。最糟糕的是，他們搬來的時候，完全沒有向鄰居打招呼。就這樣，那戶人家一下子便在我們的社區全面樹敵了。到現在我還是不懂為什麼。

日常生活開始處處是壓力。比方說，這裡的巷道很小，車輛會車的時候，由於是住宅專用道，距離上方便後退的一方，就會理所當然地後退，爽快地讓對方通過。

然而那戶人家的人明明只要後退五公尺，就可以讓對向車通過，卻會滿不在乎地要求對方後退五十公尺。最凶悍的是太太，聽說她是國小老師，但應該是我這輩子遇過的各種人之中，個性最差的「鄰居」。日常生活中，隨時隨地都會遇到她莫名其妙的刁難騷擾。

鄰居這種無形的精神壓迫，也是我暫時跑到都內公寓避難的一大理由。家中的環境已經害我無法平心靜氣地寫稿了。

結果到了最後，為了逃避鄰居帶來的煩擾，我和妻子在一年後搬到了都內。

如今回想，當時侵襲我的憂鬱，應該是精神上的封閉。一個人關在大樓房間裡，令我痛苦不堪。

某個風勢極強的正午時分，我從陽台俯瞰樓下。花朵盛開的櫻花和枝葉繁茂的樹木都在大風中左右搖擺，嘩嘩作響。那模樣歡樂極了，就好像底下的許多樹木正在邀請我一起跳舞。陣陣颳起的春季強風也不時撲向我站立的陽台。

漸漸地，我覺得只要順著那風從陽台一躍而出，就可以乘著風，在櫻花漫舞的空中自由地飛翔。沒錯，大風如此強勁地吹拂，人應該也可以隨之一起飛翔。

不知不覺間，我被這樣的想法支配了。再來一陣更強的風，我就一起跳出去吧！

就在我這麼想的時候，發現自己流了滿身大汗。

事後能夠冷靜地回想時，我才發現那一瞬間我的心理狀態非常危險。我的理性似乎早就拋下身體，不知飛去哪兒了。

這完全出乎我的意料。頭一次發現原來自己也有這樣脆弱的一面，也令我憂鬱衰弱的精神更加委靡。不過現在想想，憂鬱症狀並不是在那個階段突然出現的，而是從以前就有這樣的潛在症狀，只是我一直沒有察覺，過得無憂無慮，但突如其來劇烈的非日常狀況，使得它暴露出來了。

但我的症狀還算是輕微的，具體問題頂多就是「失眠」而已。但這是我第一次碰到如此纖細的精神變化，因此對我這個憂鬱症生手而言，所經歷的每一天都是意想不到的痛苦。

我過去的人生向來都以積極開朗為基調，卻首次遭到負面思考的侵蝕，我就這樣設法安撫它，順利地度過了二十幾個年頭。現在的我勉勉強強過著可以算是頗快樂的每一天，所以我認為「顯而易見」的死亡意識或它的陰影，還沒有出現在我面前。

不過就像開頭說的，放眼周圍，各別的「死亡」確實毫無徵兆（應該）地造訪了我的朋友們，在日常中隨時提醒，這樣的「大限」對我來說也不例外。

也就是說，「死亡」這個平等而嚴肅的事物，總算開始在我面前「理所當然」地顯現出它的形姿了。

雖然有點心虛，但我依然認為自己還不會那麼簡單地「明天」就死掉。

過去我曾面臨過幾次只要一點差池，絕對已經沒命的危機，只是多半發生在國外。年輕時，或許到處都隱藏著「意外死亡」的風險，但年歲已長的現在，實在沒有那麼多危險。我前面說的就是這個意思。

雖然尚未遇到過「第三者」，但我經驗過幾次事後回想，一瞬間的差錯可能已經要了我的命的危機，根本來不及讓「第三者」出現。

這些驚險的經驗，讓我強烈地認定我一定有著強到不行的好狗運。

「爺爺也會死掉嗎？」

可能早已沒命的種種經歷

在上一章我說我覺得由於自己的疏忽、判斷錯誤或無可避免的事故，突然喪命的所謂「意外死亡」的機率，比起年輕時要大幅減少了。聽到這話，可能會有人反駁：「胡說八道，應該是相反吧？」

不過，其實是這麼回事的：

我從年輕開始，就不曉得在認真什麼，魯莽地進行了許多挑戰。其中好幾次倘若時機不對或狀況有任何一點差錯，我早就已經不在人世了。

不過隨著年紀和經驗增長，我覺得自己似乎長了一點智慧，不會再犯下同樣愚昧的過錯了。為了更進一步思考，我將過去所經驗的生死關頭列記於下（有些內容前面已經提過）：

・十歲的時候，我和朋友一起背對著溜下神社階梯旁邊的扶手，結果最底下的扶手腐爛折斷，我的後腦勺像鐘擺似地在基石上撞個正著。因為年紀還小，頭蓋骨還很軟，所以沒有造成凹陷骨折，但我當場昏了過去。神社的宮司把我抬去醫院，我由於顱內出血，固定腦袋後，在醫院裡足足躺了一個月。醫師說可能會留下癲癇的後遺症（但截至目前還沒有發作過）。

・（這件事第一章已經提過，我想在這裡說明得更詳細一些。有時我會想起這件事，不過這場大難真的只要一點閃失，我早已一命嗚呼。醫師和警察也都這麼說。）

這是發生在我二十一歲時的交通意外。我搭乘拿到駕照才第三天的朋友開的車子，在冬季路面凍結的馬路上高速飆車，結果方向盤失靈，車輛打滑蛇行，斜向衝撞混凝土電線杆。當時是深夜兩點多，我們被後續的計程車司機拖下車子，送往醫院急救。那名司機沒有留下姓名，就這樣默默地離開了。我的臉部和頭部受了撕裂傷（好像骨頭都露出來了），顱內出血。開車的朋友胸部撕裂傷，內臟破裂。也許是因為我和朋友當時都在練激烈的格鬥技，又處於人生中體力最充沛的時期，所以兩個都保住了一命。我住院四十天，朋友住院五十天，兩人都痊癒了，雖然花了半年，但最後一起從鬼門關走了回來。

那個時候受的傷，在我的眼睛旁邊留下一道約七公分的垂直疤痕，就像漫畫裡的黑道分子。光是那裡就縫了十針。醫生說如果傷口再往左或往右偏個兩公分，我不是變成丹下左膳[18]，右眼失明，就是傷到要害的太陽穴，斷送小命。而且如果再晚個三十分鐘送醫，也一樣會因為失血過多而死。

前面我提到「第三者現象」，現在才想到，或許那位計程車司機對我們來說，也算是一種「第三者」。當時是深夜兩點，而且意外發生在車流量少的地方都市。剛好有一輛熟悉哪裡有急診醫院的當地計程車空車跟在我們後頭，真的是老天爺保佑。而且從我們的出血量來看，計程車的後車座一定被我們毀了。那位運將肯定是個古道熱腸的大哥，要不然便是「第三者」。

・十幾歲到二十幾歲的時候，我經常無意義地和陌生人在路上打架，也就是所謂的街頭鬥毆。我和總計大概二十個無賴混混（我自己也是）互毆過，打傷別人的同時，自己也經常掛彩。其中某一次的敗戰中，我的左眼深處受了三處傷，現在狀況似乎仍然很不穩定，隨時都有可能眼底出血（這是幾年前的診斷中檢查出來的）。

・即將步入四十大關的時候，我們在智利的谷道遇上冰河雪崩引發的洪水，生平第一次騎馬瘋狂逃命。當時有一名智利人不幸犧牲了。自從這次經驗以後，不管騎什麼馬都難不倒我了。

・四十出頭，我在澳洲深海潛水的時候，陷入「氮醉」狀態，失去方向感，被外國人搭檔救了一命。如果我只有一個人，應該已經葬身海底了。

・有一次在拍電視紀錄片的時候，應製作人的要求，我穿戴著水肺潛水的全套裝備（包括氣瓶等等），從直升機跳進水裡。高度大概有十公尺，但如果落水時的衝擊震掉了潛水裝備的任何一樣，會有什麼後果？當時我就直覺這份工作有點不太妙，卻無法鼓起勇氣冷靜地拒絕，真的就是傻而已。

18 丹下左膳是小說家林不忘筆下的報紙連載小說及改編電影的劍士角色，獨眼獨臂，為日本大眾文學及古裝劇的代表英雄人物之一。

・四十五歲左右去蒙古拍電影的時候，每逢休假我都會一個人騎馬遠行。有一次我騎到土拉河這條流向俄羅斯的頗寬廣的大河岸邊，坐在馬上直接要讓馬喝水，結果馬頭伸向水面的瞬間，我就像被過肩摔一樣，一頭栽進河裡。我就這樣被流水沖走了好一段距離，千辛萬苦才自力爬上岸來。誰知馬跑掉了。我想返回營地，卻搞不清楚東西南北，迷失了五個小時之久。

・近六十的時候，我在巴西的潘特納爾濕地（Pantanal）從馬上摔落。原因是我太懶惰，沒有把馬鞍的帶子繫緊，結果騎馬奔馳的時候帶子鬆脫，我連同馬鞍整個人轉了一圈摔下來。當時我仰向落地，眼睜睜看著馬的後腳蹄就從我的腦袋旁邊蹬了過去。萬一被踹中，我應該會當場斃命。這完全是我自己的過失，當場斷了兩根肋骨。濕地有巴西蝮蛇這種毒蛇出沒，如果沒人來救我，一樣很危險。

・我們在尼泊爾的山區四人輪流開車，換我開的時候，彎過轉角時，前方擋著一塊細長的岩石，輪胎輾了上去，車子翻了兩圈掀躺在地，但是只要再多滾個幾公尺，就會墜落懸崖峭壁（這起車禍前面也有提到）。這場恐怖的體驗讓我瞭解到，向來只在日本這種不論任何深山僻野，道路都鋪設得極平整的地方開車的人，隨便在外國的陌生道路開車，不只是拿自己的命開玩笑，還會連帶害別人一起沒命。

日漸衰老這回事

像這樣把過去的種種驚險歷程寫下來一看，可以發現幾乎都是因為自己的疏忽大意及天真，才會遇上危機。簡而言之，我這人就是個冒失鬼。每一次都千鈞一髮。我從中學到教訓：人生充滿了只要一點差池，就可能丟掉小命的狀況。

不過另一方面，或許是過了喉嚨就忘了燙，這讓我不得不想：我是不是特別受到幸運女神的眷顧？然後就像前章說的，往後不僅是年齡漸老、體力漸衰，加上比年輕的時候多了一點思慮，我覺得自己已經不會再去接近那類危險了。

這就是我開頭說的，相較於年輕時期，感覺「意外死亡」的機率已經大幅減少的意思。

因此，我將體力和耐力在不知不覺間退化也視為一種正向變化。

比方說，雖然不到生命危險的程度，不過八年前我前往亞馬遜流域內陸時，由於我從小在海邊長大，對自己游泳的本領頗有自信，便從木筏跳進了河裡。我在水中漂流了一段距離，想要折回木筏時，卻發現亞馬遜河的河水水壓與日本的河川完全不同，需要超出經驗好幾倍的力量，才能逆流游回去。亞馬遜河的水流質量感覺與日本的河川天差地別。這應該是因為水裡的泥沙含量很高的緣故，但只差一點，我就要陷入恐慌了。這時我想起在日本的河川划艇翻覆時的經驗，水流愈是湍急，就一定會有逆流的地方可以加以利用。雖然繼續遠離木筏令人不安，但我慢慢地游向河岸，尋找水流變弱的地方，總算成功回到木筏上。由於河裡還有食人魚和電鰻等許多危險的生物，我真是拚上了老命。總算爬上木筏後，一想到這條命保住了，疲勞、緊張加上安心，讓我好半晌動彈不得。

當地原住民在河裡看起來游得輕鬆愜意，應該也是有熟悉度的問題，但這也讓我頭一次發現，自己的體力退化得比想像中的更厲害。這次寶貴的體驗，給了我一記當頭棒喝。

這麼說來，當時我迷上三角壘球（類似業餘棒球遊戲）[19]，熱中於參加例賽，即使出國，只要有可以打球的空地，就會呼朋引伴一起玩。雖然我總是憑恃蠻力全力揮擊，毫無技巧可言，但仍成為主力打者，頗為活躍。我們還組隊遠征台灣和韓國等外國，和新幾內亞人比賽時，我也成了逆轉勝的英雄。

但是從亞馬遜回來之後，我忽然體力大衰，擊不出長打了。

後來也感覺到視力的衰退。我從來不曾近視，也沒有老花，但是六十五歲左右開始，睡前在床上看太久的書，就會覺得文字模糊，去眼科檢查，醫師診斷只是單純的老花眼，也是在這個時候，檢查出眼底有三處傷口。

種種徵兆都讓我醒悟到，我正在確實地變成一個符合年紀的老人——這個理所當然的現實。妻子開始兩年一次強制帶我去做健檢，全身從頭到腳仔細檢查一遍。

19 三角壘球，由棒球發展而來，是一種簡易棒球遊戲，沒有二壘，只有本壘、一壘和三壘，可以較少的人數遊玩。

雖然沒什麼大毛病，但血壓還是一樣很高，不過這是年輕時就有的老毛病了，我大概從十年前起，每天服用一顆降血壓藥。我聽說這種藥一旦開始服用，一輩子都擺脫不了，所以總有些排斥，但醫師教訓說總比天天擔心血壓要來得好，所以便聽從了，但還是很不能接受每天吃藥的生活。

有一次我在雜誌上看到，每天早上當成沙拉食用四分之一顆生洋蔥，有降血壓的效果。吃的時候，切好的洋蔥不要水洗，一定要先放在空氣中十五分鐘，說是接觸空氣，才會產生有效的酵素成分，帶來降血壓的效果。雜誌還說，這雖然是所謂的民俗療法，但對八成的人都有效。同時還介紹了另一個撇步，晚上將幾片高湯昆布放進一杯水冰在冰箱裡，早上起來的時候，鉀等各種養分就會溶出水中，變成黏稠的水，喝了有益健康，所以我也身體力行。

以結果來說，雖然不知道是哪一樣偏方奏了效，洋蔥作戰方面，我似乎屬於那八成的人之一，血壓很快降到正常值，即使停止服用降血壓藥，血壓依然保持穩定。我和醫師討論之後，停止了服藥。我從二十幾歲被診斷出高血壓後，就和它打交道了三十年以上，現在竟恢復正常了。雖然早期戒菸應該厥功甚偉，但我親身體認到，有些公認有效的民俗療法，不要鐵齒，乖乖相信並且實踐也很重要。有些醫師不認同民俗療法，但我看診的醫師因為也採納中醫治療，觀念開放，對我洋蔥療法的成果予以積極的肯定。

愉快的老化

一般世人都以負面觀點看待老化，但老化是每個人的必經歷程，我認為端看如何去看待、面對老化，很容易就能轉化為正面思考。

我自己的情況，很重要的一點是世人也常說的「孫子的力量」。住在美國的兒子生了孫子孫女，起初我們會找時間去美國（舊金山）探望，但生第三胎時由於醫療等問題，他們決定回日本生產。後來孩子平安出世，但滿週歲之前不能坐飛機。原本計畫滿兩歲以後回去美國，但就在小孫子兩歲的時候，發生了福島的核電廠事故。

這件事讓兒子媳婦的想法有了巨大變化，以結論來說，他們決定就這樣留在日本生活。那起悲劇，讓所有日本人都陷入了世事無常的不安裡。後面我會提到，其實他們原本預定要回去的舊金山卡斯楚街，也有著重大問題。

總而言之，我的生活範圍內一下子多出了三個小毛頭，與我的生活密切地牽扯在一起。新的小生命影響力遠遠地超乎想像。

兩個大的因為要從英語社會融入日語社會，需要莫大的努力，起初雖然有些扞格，但小孩子的適應力驚人，他們很快就熟悉了日本的生活，同時也成了我的最佳玩伴，就像兩團可愛的刺激。

他們的父親進入日本公司任職，不過職務必須長期住在包括外國在內的外地。母親一個人要帶三個小孩，日常生活非常辛苦，所以長孫開始上幼稚園以後，有時便由我帶他一起去上學。

這個長孫對花草很感興趣，上學途中總是欣賞著家家戶戶的庭院花草，邊聊邊上學。這對我來說，簡直就是光輝燦爛的「全新早晨」。

就在這時候，附近小學的家長會請我去演講。我在心情上並沒有把它當成正經八百的差事，而是懷著與左鄰右舍聊聊天的心情，答應下來。

那所小學在都內的新宿附近，但都市地區的少子化也愈來愈嚴重，每個年級只有一個班級。演講在校內的小型體育館舉行，有許多附近居民來參加，氣氛融洽。

到了發問時間，有一名中年婦人說：「我總是從曬衣台莞爾地看著您和孫子手牽手去上幼稚園喔！」我這才發現：「哎呀，原來都被人看光了。」

「看到爺爺笑容滿面，連我也跟著幸福起來。」

那位女士說了如此感人的話。想來我的幸福真的傳播給她了吧。

天大的假承諾

兒子一家還住在美國的時候，長孫經常打電話給我，閒話家常。由於時差的關係，多半是他們用晚餐的時間，日本這裡早上十一點的時候。由於這也是讓孫子練習日語的機會，所以我都慢慢地說。孫子無法正確地發出舊金山「San Francisco」的音，總是說成「Sankonkan」。「Sankonkan」的金門大橋「Golden Gate Bridge」，「Bridge」也總是說成「Bribridge」，既好笑又可愛。

不過他們居住的地方有「戰爭街」之稱，西班牙人與黑人黑幫對峙，非常危險，我住在兒子家的公寓時，夜晚有時還會突然聽見槍聲。

有一次他們去餐廳用餐，城裡正發生這類黑幫火併，看上去才十幾歲的西班牙青年逃進餐廳裡，就在裡頭慘遭槍擊，當場斃命。眼睜睜目睹這一幕的孫子，當然是生平第一次看到「人的死」。

隔天的電話裡，孫子把這件事告訴我，說「那個大哥哥死掉了」。然後問我：

「爺爺也會死掉嗎？」

「爺爺我啊，」我想了一下，撒了個謊：「爺爺是不會死掉的。」

「真的喔？那太好了。」

四歲的小男孩說。雖然是個天大的假承諾，但現在我想盡量遵守這個諾言。

我現在柔軟地這麼想：上了年紀，雖然有許多不好受的變化，但或許也並非所有的變化都不好。

好友，還有自己想要怎麼死？

前面我提到一些可能在年輕的時候已經害我喪命的事故和意外，還說因此現在上了年紀，變得小心謹慎許多，覺得沒那麼容易死掉了，但現在又覺得這話實在有點太傲慢了。我向孫子撒謊保證「爺爺不會死」，但最近我認識的人（年紀比我輕的朋友等等）一個接著一個罹患重病，痛苦地與病魔對抗，也經常接到過去同窗的訃聞。即使渾渾噩噩地過日子，「死」仍會不斷地逼近身邊。我現在只有高血壓和失眠兩項煩惱，但也不知何時會罹患危及性命的重病。

我靠著洋蔥療法解決了高血壓問題，但總有一天還是會死。最後這個部分，我想要嚴肅地思考該如何迎接死亡才好。

在這之前，我各別詢問了我尊敬的前輩和同年代的好友們這個問題：

「你們想要怎麼死去？」

首先我問了我的戶外活動玩伴，特別是在划艇方面的師父：划艇手野田知佑（七十七歲）。他曾經花上好幾個月，以划艇遊遍世界各大河。我和他是老朋友了，但他現在在德島縣美麗的河畔過著半隱居生活，很難見得到面。

他也在育空河、馬更些河等世界各地的河川，遭遇過種種千鈞一髮差點喪命的體驗。聽到我問：「你想要怎麼死？」他這麼回答：

「當然是想要**貼在河裡**死掉啊！雖然好幾次差點一命嗚呼，不過如果能那樣死掉，我也是得償所願啦！」

這裡說的「貼在河裡死掉」，指的是在急流中划艇翻覆，全身被宛如瀑布的湍流沖得貼在岩石上，只能眼睜睜瞪著劇烈的水流沖刷自己，卻完全動彈不得。這是在順著急流而下時，最常見的死法。

「那就像是被心愛的河流擁抱在懷裡死去，再也沒有比這更奢侈的死法嘍！」

「那你想要哪種葬禮？」

「我想要下落不明，所以不用葬禮，哈哈哈哈！」

最後是爽快的笑聲。那笑法就像在說：死掉的當下或許很痛苦，但死掉以後，一定比活著更快活。

接著我詢問中澤正夫醫師（七十六歲）。他是精神科醫師，也是我的主治醫師，有許多著作，曾在五十四歲的時候寫了一本書叫《如何養育「死亡」》（筑摩書房出版）。

我以問卷的方式請醫師回答。

①你想要怎麼死？你的死亡計畫。

我想要死於癌症。現在已經有了疼痛控制（但可以保持意識清醒），所以我想要向那些被我辜負的人，該道謝的道謝、該道歉的道歉之後再死。不過除了自殺以外，人對死亡是沒有選擇權的！既然現實如此，預先計畫也是白費工夫。我決定時候到了再來想。

②會辦葬禮嗎？還是不會？

我已經想好寫在遺囑裡了，死了以後會不會執行，就看我的家人了。留下來的家人應該會看著辦吧。

③如果辦葬禮，有什麼期望？

只要親人參加就好。如果可以，我想要有個「追思會」。

④想要放進棺材裡的東西。

沒有。

⑤對於葬禮有什麼其他想法嗎？

日本的葬禮過度尊重死者的想法了。我建議不要太講究，普通的葬禮就好。既合宜又經濟，一次解決，不會拖拖拉拉，沒完沒了。要是太講究，上香的人來個沒完，一整年都得耗在這件事上頭（雖然我都死了，也跟我無關啦……）。

⑥想要被安放在墳墓裡嗎？還是不想？

都可以，只要留下來的人喜歡就好（他們覺得安心就好）。

⑦想要變成鬼嗎？還是一團鬼火就好？（這是我的壞毛病，忍不住對尊敬的醫生提出這種刁難的問題。）

不想。我對死後的世界沒興趣。不過我想在死後繼續關注這個世界的變化。如果看到氣不過，可以再次「轉世」回來的話，不管是變成鬼火還是什麼都可以，不過這是不可能的事，應該是不會死了以後還煩惱個沒完吧。

⑧關於死亡，如果有什麼其他想法，請寫下來。

人類出現在地球上，已經四百萬年；人類文明的出現，已經過了四千年；人類任意玩弄核能，已經一百年了。然而人類把半衰期長達幾億年的核子廢料到處亂丟，步上了緩慢自殺的道路。我們智人雖然充滿欲望和好奇心，但實在不怎麼聰明。我一直追求「臨終的美學」，但現在卻連這都覺得空虛，開始思考：「我」到底是什麼？來日無多的壽命，要花在什麼上面？我變得超級自私現實，決定把餘生花在可愛的孫子世代上，並抽空進行福島支援行動。

接著我問了與我同齡的好友。首先是律師木村晉介（六十七歲）。他在奧姆真理教事件時大出鋒頭，一躍成名。我跟他認識了快五十年。

①死法

我沒有明確的計畫，不過如果可以，我想死得帥氣點。我總是模糊地希望自己的死可以幫助別人，對社會有所貢獻，但還沒有做出結論。我加入了日本尊嚴死協會，因此基本上不會進行急救，我的夢想是死得平靜不痛苦，並且不要死得太難看。

②葬禮

我想要辦葬禮。有兩個人我不希望他們參加。到時候如果椎名你還健康，我希望你可以當我的喪葬委員長。我希望我的葬禮不是哭哭啼啼，而是熱熱鬧鬧。棺材裡希望可以幫我放進三月章的《民事訴訟法》（附作者簽名）。他是我最尊敬的人。

③墳墓

老實說，我不太想被放進墳墓裡。不過就看留下來的家人想怎麼做吧。我個人的希望是可以撒骨灰，最好撒在八丈島的大海，還有埃及的金字塔裡面。可以假冒觀光客進去金字塔參觀，然後趁機撒在裡頭。這樣一來，金字塔就變成我的墓了，這不是讚透了嗎？

④鬼

這個問題真有趣。這要看我死掉的時候幾歲吧。如果七十歲左右死掉，我想變成鬼出來。因為這年紀還有很多朋友在世上，我想從背後冒出來嚇嚇他們。八十歲左右才死的話，已經夠累了，當團鬼火就好了。

接著是插畫家澤野公（六十八歲）。

澤野跟我從高中就認識了。他幾乎成了我的小說和散文的專屬畫家。上了年紀以後，他的畫也愈來愈有味道了。

①死法

最近醫師說我「還可以再活個三十年」，真教我驚愕無語。其實我想要在橋下腐朽殆盡這種類似路斃的死法。

②葬禮

我不要葬禮。理由是我已經不想再給別人添麻煩了。

我這輩子已經給別人添了太多麻煩，死了以後我會安安分分。

③鬼

和我一起創刊書評雜誌《書的雜誌》，三十年來合力打造這部雜誌的好搭檔目黑考二（六十六歲，在文藝評論界使用筆名「北上次郎」），說他想在七十五歲左右有個了結（死）。理由是如果他每個星期都去現在最大樂趣的賭賽馬，賭友們都早他一步離世的話，那就太寂寞了。極限應該是七十五歲左右。

我每星期會光顧兩、三回的新宿居酒屋「池林房」的老闆太田篤哉（六十七歲）有段時期說他要活到三百歲。好像是因為距今十年前他蓋了一棟九層樓大樓，得活上三百年，才有可能還完貸款，但最近還款速度變快，目標好像變成一百五十歲了。他還誇口說快死的時候，要在那棟大樓的頂樓蓋按摩浴缸，學《花花公子》創刊人休．海夫納那樣身邊美女環繞，在這樣的享受中仙逝。不過這麼說來，屋頂確實離天上近一點。

寫了太多前輩好友的「死」，結果我自己希望的死法，反倒篇幅所剩不多了。如果可以選擇怎麼死，我想要和平時那些戶外玩伴（三十到六十多歲，大概有十五、六人）就像平常那樣，在海邊吹著海風，坐在營火旁，最後啜飲著冰透的啤酒，陶陶然地死去。即使奄奄一息，只能勉強喝上一杯也沒關係。法律上應該沒辦法，但如果嚥氣以後，可以直接埋在海邊，那就太棒了。就算沒辦法死在海邊，我也拒絕在醫院急救，苟延殘喘。

附帶一提，我還滿相信死後還有另一個世界。因為如果死後一切都變成無，計算就兜不攏了。有一股力量讓我們誕生在世上，使肉體出現，所以即使肉體消滅了，那股「力量」應該還是會繼續存在才對。我沒有死過，所以不知道這股力量在地下還是天上，但我認為一定是一個思想的世界。我完全不害怕死亡，相反地，死後就可以拿到前往新世界的護照，我還有點期待呢！另一個世界發展到什麼程度了呢？一定會想要通知原來的世界吧。

我對「最後的一餐」沒有興趣。因為到時候可能什麼都吃不下了，所以吃什麼都無所謂。而且萬一不小心脫口說出「我想吃鰹魚生魚片」，會讓人忍不住想：「什麼啦，我的人生是鰹魚嗎？」

我不信教，所以葬禮希望在剩下的家人和特別要好的朋友圍繞下，簡單地舉行。也算是所謂不公開的私人葬禮吧。我很想要像職棒封王慶祝會那樣互噴啤酒，但殯儀館的人一定會生氣，所以還是別為難人家好了。不要燒香，隨便拿什麼花代替都好。完全不用誦經。不過這樣氣氛會有點尷尬，可以播放演歌或巴哈的曲子當背景音樂。如果木村晉介身體還硬朗的話，希望他當我的葬禮主持人。他本身也是位落語表演家，如果能在葬禮上為我表演一段落語（他有個新段子〈椎名的手〉，是描述我臨死之際模樣的滑稽內容），我們的友情也算是圓滿落幕了。

我希望可以把妻子一九九二年在西藏為我的生日畫的神山岡仁波齊峰的素描畫

（掛在我的書房牆上）和三個小孫子的小畫作一起燒給我。這段話也算是我的遺囑。

雖然等於是違背了與長孫風太的約定，不過我想那個時候，他應該也能夠諒解了。

別了吾友——有點長的後記

在本書裡，我第一次正式面對「死亡」與相關的種種，寫下了我的想法。我以過去在人生各種狀況中接觸到的「死亡」體驗為中心，針對接連湧上心頭的疑問，涉獵了不少相關書籍，一點一滴地拓展知識，並逐一寫下。

我這輩子外出遊歷過不少，所以如果把記憶的焦點放在上面，便可以看出我在過去的旅程中，接觸過不少與「死亡」有關的風景。很多時候都是猝不及防地遇到，因此當下沒有深思，多半就把它們當成「異國文化景象」之一，但現在像這樣針對這些死亡進行思考時，我很後悔當時沒能更深入地觀察及探究。

不過這些身為旁觀者的體驗累積，確實對本書的寫作極有助益。

我在本書第一章寫下了身邊親近的人的「死」，但猶豫之後，有個人的死最後我還是沒有寫進來。在我的人生當中，除了親人的死之外，還有其他更為沉重的「死」，令我躊躇不敢下筆，但正文全部完成後，我還是想要來談談這場「死亡」。

之所以猶豫再三，是因為那是一場「自殺」。死者N是我的死黨之一，得年二十歲。

N生性開朗活潑，是家人和朋友的開心果，總是為眾人帶來歡笑。然而N有一次開車不慎撞到小孩，讓對方受了相當嚴重的傷。這令他痛苦萬分，車禍不到十天，就選擇了在家中上吊自殺。

他死後進入他房間的人，發現房間裡正播著他喜歡的音樂；他就是聽著音樂，喝著酒，在筆記本寫下遺書之後離開了。

我接到通知趕去時，當地警方和醫院的人已經來了，擠得水泄不通；遺體用毯子蓋起來，安放在房間角落。我想看他最後一面，但一個別著臂章、不知道是什麼身分的人表情嚴峻地制止了我。

房間裡除了酒精味以外，還有嘔吐的餿酸味和隱隱約約的糞便臭味。幾名疑似親戚的人啜泣著。我看見幾名共同的朋友一臉蒼白地站在房間外。朋友竟然就這樣輕易地死去，我再也無法和他說上話，也無法和他一起歡笑了。感覺就好像意識無法追上這過於突然的「離別」。

他留在筆記裡的遺書驚心動魄。

最初的一頁寫著由於自己的疏忽，害得年紀那樣小的孩子受了一輩子無法康復的重傷，充滿了歉疚與悔恨。漸漸地筆跡愈來愈凌亂，一定是喝醉的緣故。

「我不想死」。

這句話一再地出現。寫給父母和朋友的文章也亂無章法，但字句中充滿了對「活下去」的強烈執著，以及糾葛和苦惱。

對我來說，這是繼父親的死亡之後，第二次遇到的死亡，但因為朋友與我同年，因此打擊也更大。

——後來又過了快五十個年頭。有時候我會想：如果他還活著的話，現在會怎麼樣？當時我們那麼要好，一定到現在都還是好哥兒們吧。

如果當時的他沒有車禍肇事，接下來就還有將近五十年「繼續活下去的時間」。

之後每次想起他，我總是想：雖然當時他陷入困境，但也犯不著非選擇「自殺」不可啊！然後又想：他也是可以懷著耗費一生去彌補那受傷的孩子的決心，選擇繼續活完這輩子啊！

然後也反覆地懊惱為何他不來向我求助。不過就算他來求助，與他同年的我也實在幫不上什麼忙，或許他早已立下更強烈的覺悟，要為自己的過錯負起責任。

本書中，精神科醫師中澤正夫在我的問卷裡答道「在現代，死亡能有的選擇只有自殺」，這讓我醒悟到：對啊，原來死亡的選擇範圍如此狹小、殘酷。在我撰寫這本書的時候，日本仍持續面對每年有超過三萬人「自殺」的現實。

「現代的日本社會」居然讓這麼多的人覺得「活下去」是件痛苦難耐的事，這個事實再次逼迫我對不熟悉的領域進行思考。

我重新認識到，這個國家絕對稱不上富裕、和平、安全，遑論「幸福」。日本毋寧是個冷酷而殘忍的國家。

從社會中被排除出去的人，許多都成了「自殺」候補者。

其中最教人心痛的，就是青少年的「自殺」。由於霸凌等問題，被逼得走投無路而選擇自殺的青少年層出不窮。

對於如此令人心痛而悲慘的「異常行動」的連鎖，國家在現實上卻是束手無策。應該要對這種異常現象敲響警鐘的電視報紙等「報導機關」，心態也頗為扭曲。有段時期，霸凌造成的青少年自殺連鎖式地發生。媒體成天大肆報導，演變成重大的社會問題。

當時令我覺得不對勁的，就是媒體報導這些案件時的態度。因霸凌而被逼上絕路的青少年留下遺書自殺了。媒體大幅報導那份遺書，結果輿論的矛頭指向逼得那孩子自殺的朋友們。這完全是獵巫。媒體的過度報導，使眾人揪出了霸凌的加害人，結果好似這些過度報導為自殺的孩子報了仇一般。

當時我就擔心這樣的處理很有問題，並在某本週刊雜誌以四頁的篇幅寫下我的擔憂。

「不要為了霸凌尋死！」

雖然標題這樣寫，但我的主旨有點不同。我確實寫了如同標題的內容，但主要是說由於媒體像這樣揪出霸凌的凶手，使得選擇自殺的孩子知道了有如此方便的復仇管道。

只要在遺書寫下受欺凌的過程，媒體就會幫忙報仇。如果讓青少年有了這樣的想法，引發連鎖自殺，那就是錯得離譜了——這是我的看法。因為這風潮就好像在美化自殺一樣。具有重大影響力的媒體該做的不是這些，而是該大聲疾呼：

「青少年不可以自殺！不論有什麼樣的理由，自殺都是不能容許的行為！」

即使這不是真心話，只是謊言或嚇唬也無所謂。絕對必須第一優先的是嚴正並強烈地呼籲：小孩子絕不能只憑自己一個人的決定就斷送生命，輕易選擇「自殺」是錯的。媒體和青少年身邊的大人，都應該要如此盡全力教導才對。

用青少年還不成熟的心智及經驗選擇自殺，為自己的「生命」畫下句點，這是幼稚到家的思考，也是可恥的行為——國家和學校以及媒體，不是應該要把青少年的思考朝這個方向引導嗎？

與此同時，也應該要開導為了霸凌而痛苦的孩子們，讓他們知道「現在你所處的世界，只是人生當中短暫的一瞬間」，而且你所在的「被霸凌」的世界，只是小到不行的一個「點」而已，在它的四面八方，還有著更廣大遼闊的無限世界啊！

比如說，如果在國中二年級遇到霸凌，只要再忍耐個一年，就可以脫離這個狹窄的小世界，前往開闊到無法想像的新世界。媒體和大人應該要做的，是進行這樣的「生活方式指南」才對。再者，日本的學校封閉在狹隘到不行的價值觀裡，這種學校不去也罷。

我也曾在國中的時候遭遇過「霸凌」。東京出生的我，上的是千葉的國中。當時是「流氓國中」這個詞彙首次出現的時期，也因為當地風氣的關係，我讀的學校可說是毫無紀律可言。我是個喜歡看書、個性乖巧的瘦竹竿學生，與當地風氣格格不入，不喜歡成群結黨，只喜歡和性情投合的朋友過著和平的國中生活。當時我成績還算不錯。

這似乎害我被視為「臭屁的傢伙」而被盯上了。有一次我被叫出去，在學校後面的森林遭到以足球隊為中心的二十來個學生包圍。那夥人當中據說身手第二強的傢伙冷不防動手攻擊我。我的腦袋挨了一拳，盛怒之下反射性地打了回去。我的體型和那傢伙不相上下，而且國中生打架，實力不會懸殊到哪裡去。這是我生平第一次打架，不過挨了揍就盡全力反擊，所以更難分出高下了。我的反應可能讓把我叫出來的一方面子掃地，最後那夥人同時一擁而上，演變成私刑，我的臉被打得像豬頭一樣腫。當時我對那夥人罵道：

「你們以多欺少才敢做這種事！要是一對一，你們還有一樣的膽子嗎？」

我的下巴關節被打傷了，所以或許無法明確地說出來，但總之我不甘心地這麼大罵，然後頂著豬頭一樣的臉回家了。

回家一看，大哥回來了。大哥是我的同父異母哥哥。他是海軍退伍的傷殘軍人，有一隻腳遭到砲彈擊傷，無法彎曲。

大哥一看到我的臉，似乎立刻明白出了什麼事，叫我說明詳情，並正確地描述過程。

大哥很生氣。

「從今天開始，你就去那些卑鄙小人的家堵他們，一天報復一個。不管是輸還是贏都沒關係，總之一個個回敬他們。」

退伍軍人的內心深處似乎總是殺氣騰騰。如果不聽大哥的話，我就成了孬種，因此我照著大哥的吩咐，一星期大概兩次，一個個找上那夥人的家，等那些人單獨回家的時候，和他們開打。每個人都露出難以置信的表情，從一開始就怯戰了。

漸漸地，我的行動似乎在他們之間引發了話題，要是在車站等地方遇到，他們就會偷偷摸摸地改道開溜。

我沒辦法在畢業前報復完他們每一個人，但某天晚上，他們一人掄著一根棒子殺到我家來了，也就是來報復我的報復。雖然有點誇張，但當時我真的感受到死亡的危機。於是我跑去大哥房間，拿出和傷殘軍人的白袍等收藏在一起的軍刀（昭和新刀），在大概二十名掄著棒子的小混混面前揮舞。

為了證明這是真刀，我將籬笆的枝葉亂砍一通。以前我也曾經瞞著大哥偷偷拿出這把刀，「喝！」地斬斷庭院的竹子。昭和新刀在刀柄處有個安全裝置的小按鈕，必須按下去才能拔出鞘。我很喜歡把它拿給不知情的朋友，叫他們拔拔看，看著沒人拔得出來的模樣，暗自竊笑。

不過那天晚上我才體認到，在許多人面前揮舞軍刀，需要莫大的臂力。而且我也害怕邊跑邊揮刀，萬一不小心跌倒還是撞到，可能會把自己給刺死。不過當時比起這些擔憂，我更害怕找上我家尋仇的那幫混混吧！

結果眾人一看到真刀，全都作鳥獸散逃跑了。當時有個跑得慢的，在白菜田裡跌倒了。我本來想要伸出刀子指住四腳朝天的那人嚇得扭曲的臉耍帥，卻一瞬間便打消了念頭。因為我害怕會被某種神祕的力量操縱，搞不好就這樣直接一刀刺下去。

從此以後一直到畢業，他們再也不曾來找過我的麻煩，在學校擦肩而過時，他們也會別開臉不敢看我。

不過現在回想，如果我沒有做出如此誇張的劇烈抵抗，也許會再次被他們擊垮。最糟糕的情況，有可能真的會被逼到「自殺」。

不過這也留下了後遺症，上高中以後，我成了一個稍微被挑釁就會發飆打架的人，就這樣度過了火爆的青春時代。

退伍軍人的大哥在二〇一一年的三月十二日過世了，是東日本大震災的隔天。一段日子以後，我請釣友開船載我出海，將大哥的遺物之一的那把軍刀，一邊「祈禱」，一邊投入相模灣的大海。我想要把它歸還給海中的英靈。

同時我也覺得，這把軍刀是把我從國中那段模糊的危險時期拯救出來的「某種神物」，是它護佑我沒有被「霸凌」擊垮。

我並不是想說，遇到霸凌就反擊回去。雖然我選擇了反擊，但逃走當然也可以，不去上學也沒關係。簡而言之就是別鑽牛角尖，認為只剩下尋死這條路。我必須再三強調，這段痛苦的時期，只不過是往後漫長人生當中的一個「點」而已。

每當看到青少年自殺的新聞，我總是會想起N。雖然面對的問題截然不同，但如果二十歲的N沒有被當下的痛苦壓垮，一個人決定自殺，而是設法撐過來，他現在會過著什麼樣的生活、對自己的人生有什麼看法，我總是忍不住要想。

還有另一個問題，本書中沒有提到，但我想要談談，也就是長者的尊嚴死。我認為「尊嚴死」與年輕人的「自殺」是兩個極端。活到一定的年歲，不幸因病失能，必須依賴許多維生設備才能勉強維繫生命，到了這種狀態的時候，我們應當尊重人生而為人的「尊嚴」，依照當事人所希望的進行醫學性處置，撤除那許多的維生設備，讓當事人緩慢但確實地迎向安眠，為這一生畫下句點。我認為這種「結束」的選擇權，應該要獲得認可才對。

我從年輕的時候開始，便一直過著相當胡來的人生，因此如果我陷入那樣的狀態，希望可以不必苟延殘喘。若我陷入無法做決定的狀態，希望我的家人能夠翻開這本書的這一段，為我執行。

其次，近來開始經常看見獨居老人孤獨死的新聞。雖然每個人都哀嘆「可憐」，並指責社會人情澆薄，但真的所有例子都是如此嗎？

我認為這些「孤獨死」裡面，應該也有一些是「自主選擇的死亡」。沒有什麼大病大痛，但是對於為了活下去而汲汲營營，料理食物咀嚼進食，看報紙電視逐一得知世上發生的大小事，為此生氣或開心（我想生氣的情形應該占了壓倒性多數），感覺不到太大意義——人有時也會進入這樣的階段、年齡或思考變化。我認為這種時候，也應該允許人們在只屬於自己的空間，自主而從容地結束自己的生命。這絕對不能說是「可憐」，也不是周圍的人「無情」，而是一種應當要尊重的死亡選擇。

就像這樣，往後人們的「死亡」應該要有更多尊重當事人的意志、更寬闊的各種選擇才對。

寫下這篇後記不到兩星期，我的好友西川良縣逝了。他在一年前發現得了食道癌，動了手術。手術很順利，也沒有轉移，三個月後就可以回去公司上班了。他身為一家活動企畫公司的社長，公司雖小，但仍有堆積如山的事務等著他回去處理。

西山是我們非常重要的死黨，因此我們都對他的生還及生命力的強悍讚嘆不已。很快地，他恢復到可以和我們聚在熟悉的居酒屋，一起為「預祝康復而乾杯」。

但癌細胞實在是有如惡魔般窮凶惡極、死纏爛打。

手術的時候，有肉眼看不到的癌細胞殘留，它再次出來作亂了。

結果病況惡化到無法再動手術，也無法用抗癌劑或放射線治療。惡化速度之快，真是如同惡魔。

我第幾次去探望他時，他已經轉到安寧病房了。

我和要好的朋友三個人一起去看他。他雖然聲音沙啞，但還能說話，偶爾也會露出笑容。我們聊了約一個小時，準備離開。當時我注意到西川的光腳丫露在蓋被外頭。

當時天氣仍相當寒冷。

我搔了搔他的腳底。

我是在表示：快點用你那奇蹟般的強大恢復力復活吧！

這時西川露出莫名嚴肅的表情，向我伸出右手要求握手。

我握住他的手，但他明明生著重病，握手的力道卻大得異樣。如今回想，那是西川式的「道別的握手」。

是「永別了，吾友」的握手。

守靈和葬禮當天都很冷。由我為他獻上悼詞。我在前天晚上寫好了滿滿兩張稿紙。

文章變得像一封信。

我本來想要克制感情讀完它，但是讀著讀著，後方的弔唁者以及坐在左右的家屬的啜泣聲愈來愈大，我不禁受到影響，也流下淚來。當時我想，我是真的傷心透了，就算是男兒，流淚又有何妨？

西山的遺容我只瞥見了一眼。我看見他的胸口放著與我一起的合照。

這位死黨的死，是在撰寫本書時最新的死。往後我還會參加幾次這樣的場合？

然後終有一日，我也會在這樣的場合讓大家相送嗎？我不知道。不管是我還是任何人，沒有人知道。

二〇一三年一月

椎名誠

國家圖書館出版品預行編目資料

關於死亡，我現在所想的是…… / 椎名誠著；王華懋譯 . --
初版 . -- 臺北市 : 大塊文化 , 2018.10

面；　公分 . -- (Smile ; 156)

ISBN 978-986-213-917-2 (平裝)

861.67　107014409

LOCUS

LOCUS

LOCUS

LOCUS